夕日になる前に

だから朝日は嫌われる

川村二郎

かまくら春秋社

夕日になる前に

——だから朝日は嫌われる

装丁◉平野甲賀

目次

II　神様たちの時代

Ⅲ　僕の文章修業

Ⅳ　そして若者たちへ……

はじめに

日曜日の「日刊スポーツ新聞」に「政治の時間」という連載コラムがあった。二〇一〇年三月二十八日、約三年半続いた連載の最終回は、次のように終わっていた。

「さて、私は三月末で朝日新聞社を退き、『政治の時間』も今回が最後である。このコラムは、競馬場、競輪場でレースの合間にふと読んでほしいと思って書き続けた。市井の読者よ、ありがとう。お元気で！」

一読、唖然とした。

「ふと読んでほしい」とは、どういうつもりか。奇怪な日本語というほかない。なぜ「競馬場、競輪場でレースの合間に」と限定したのか。いつ、どこで読もうと、読者の勝手だろう。「市井の読者よ」とは、読者を何だと思っているのか。読者は新聞社にとって御客様。大切な御客様に「市井の読者」は、失礼だろう。そう思ったからである。

コラムを読んだ人の中には、この筆者は自分がいた新聞社より日刊スポーツ新聞社を一段も二段も下に見ている。そう思った読者がいたのではなかろうか。

コラムの筆者は東大を卒業後、朝日新聞の政治記者として二十一代の政権を取材し、「本社コラムニスト」という特別な肩書を与えられていた。在職中は、社内の「いい文章委員会」の座長を務めた。文章の良し悪しのわかる記者と、目されていたのだろう。

しかし彼の書いたものを読むと、どこそこに行った、誰それに会った。話を聞いた、という表現が目につく。読んだ人が「この記者は現地で取材をしたな」とわかるように書くのは、難しいことではない。それをいちいち行った、会った、聞いたと書くのは、子供の日記と同じだ。稚拙というしかない。

政治家の言葉が軽いと言われるようになって久しい。「させていただく」を連発する、気持ちの悪い大臣もいる。そのうえ政治家の監視役を自認する政治記者の国語力、筆力がこれでは、新聞の愛読者としても有権者としても、暗澹たる気持ちにならざるをえない。一体いつからこんなことになったのか。

I　だから朝日は嫌われる

だから朝日は嫌われる　――2009・10

朝日新聞の大きなセールス・ポイントの一つに、

「大学入試の問題に、一番よく使われているのが朝日新聞です」

というのがある。

これを売り物にするようになったのは、編集委員のときだった。社内のあちこちでこのポスターを見るたび、

「問題に使われていることを喜んだり、売り物にしていたりしていて、いいのか」

と思い、販売局の知り合いには、

「カッコ悪いから、やめた方がいいぜ」

といっていた。

というのは、記者や編集委員の書いた記事や解説、あるいは社説が引用され、

「文中の『それ』は何を指すか答えなさい」

とか、

「この筆者がいいたかったことは、次の五つのうちのどれか、番号を書きなさい」

というような問題になっていたら、それこそ問題である。

いうまでもないことだが、文章のプロが書いたものなら、文中の「それ」が何を指すかは、だれが読んでもわかるようになっている。そして、いいたいことを読み手にわかるように書くのがプロである。

問題に使われるということは、その記事や解説や社説に問題がある、ということである。喜んでいる場合ではないだろう。

記事には喜ぶどころか、恥じ入り嘆き悲しまなければならないようなものがある。

たとえば——。

毎週土曜日に配られる「be」という別刷りに「うたの旅人」という企画記事がある。よく知られている歌をめぐる物語を書くことになっている。

二〇〇八年四月十二日付「うたの旅人」は新井満《あらいまん》さんの訳詞、作曲、秋川雅史さんの歌でヒットした「千の風になって」だった。冒頭はこうである。

北海道・大沼へは、函館からならトンネルを抜けた途端に、秀峰・駒ケ岳1131メートル《メートル》を正面に仰ぐことになる。

いいたいことは、わかる。しかし、何とも面妖な日本語ではないか。

もしデスクであれば、

「お前、頭はたしかか。これじゃあ、日本語を覚えたての外国人が書いたと思われるぞ」

といって、書き直しを命じる。

国語の試験問題の作成を頼まれていたら、

「次の日本語を書きかえてわかりやすい文章にしなさい」

という問題にする。

参考までに僕なら、

「函館から大沼へむかい、トンネル（トンネルの名前を書く）を抜けると、目の前に秀峰・駒ヶ岳（１１３１メートル）が現われる」

と書くだろう。

次は論説委員が交代で書く夕刊のコラム「窓」。

「オバマ大統領の誤算」と題し、デンマークの首都コペンハーゲンで開かれた二〇一六年のオリンピック開催都市選びを書いた中に、次のようなくだりがあった（二〇〇九年十月八日付）。


内外に難題を抱えるオバマ氏は当初、不参加を表明した。だが一転、総会の朝に専用機で現地入り。演説後、デンマークのマルグレーテ王女と会い、母国へ舞い戻った。

筆者の論説委員は、「大統領はあわただしく帰国した」といいたかったのだろう。

しかし宮内庁担当の記者が「両陛下は静養先の葉山から東京に舞い戻った」とは書かないだろうし、朝日の社員が「秋山社長は高校野球の閉会式に出た後、東京・築地の本社に舞い戻った」とは、いわないだろう。「舞い戻った」は、フーテンの寅さんが柴又に戻ってきたようなときに使う表現である。

残念なことに、こういう乱暴な表現は枚挙にいとまがない。

政治の編集委員が書くものにも、妙なのがある。

たとえば二〇〇九年二月三日付朝刊の「政態拝見」というコラム。こんな書き出しだった。

古今東西の政治思想に通じる佐々木毅・学習院大学教授（前東大総長）の一文に、何度も相づちを打った。

続けて佐々木教授が月刊誌「公研」に寄せた一文が抜粋されているのだが、「相づち」は話をしていて相手に打つもので、読んでいて「そうだ、そうだ」と思ったときは、

「思わず膝を叩いた」

などと書くのが普通だろう。

コラムの筆者はテレビ朝日の報道番組にもしばしば出ている政治の編集委員である。そういうジャーナリストが、

「古今東西の政治思想に通じる」

と書くのはどうか。

ジャーナリストの基本は、事実を書くことである。「古今東西……」は、筆者の評価ではないか。佐々木さんが前の東大総長で、現在は学習院大教授という事実を記せば十分である。もしかすると、御本人は「古今東西……」と書かれ「面映ゆいね」と思われたかもしれない。

朝日を嫌いな人が読めば、

「この編集委員は佐々木さんにゴマをすっているな」

と思うかもしれない。

実際、このコラムにはそう思われてもしかたのないところがある。次のくだりである。

政策論争が嫌いなメディアが起きもしない政界再編をあおるのは問題だ――と再編論を批判してきたから、著名な政治学者と意見が重なったのは光栄だ。

これを読むと、

「おいおい、メディアはやっぱり政策論争が嫌いなのかね。君はメディアの一員だろう。君自身、

それでいいと思っていたのかね」

と聞きたくなるではないか。

政治記事は、政局についてのものが多すぎる。政局とは、党内のゴタゴタではないか。もっと政策について取材をして、きちんと書いてもらいたい。これは、もう何年も前からいわれていることである。

政治の素人がいっているだけではない。日本の政治に詳しいジェラルド・カーティス・コロンビア大教授は十年近く前から、

「いわゆる五五年体制を一番抜け切っていないのは、政治記者たちでしょう」

と、いっていた。

そういうことに反省もないのは、どういうことか。僕のように朝日で禄を食んだ人間でもそう思うのだから、普通の読者なら、なおさらそうだろう。

しかしそれ以上に気になったのは、著名な学者と意見が重なって「光栄だ」という書き方である。この筆者とは面識があるから、著名な学者に阿《おもね》ったり媚びたりするような人間でないことを知っている。しかしアンチ朝日は、

「何だ、佐々木さんに尻尾を振って」

と、思うかもしれない。

その危険は大である。しかし、筆者は、そんなふうに読まれる危険のあることは、夢にも思っ

ていないだろう。

もしこのコラムのデスクをしていたら、筆者に以上のような話をしたうえで、

「どんなに悪意を持って読まれても、誤解を招かないように、論旨をよく考えて、一字一句吟味しろよ」

といっただろう。

コラムの筆者を弁護するつもりはない。しかし、テレビ朝日のコメンテーターもしなければならない彼には、同情するところもある。

民放の場合、前もって入念な打ち合わせをすることはあまりない。僕も「週刊朝日」の編集長の後で一年ほど、週末の番組でゲスト・コメンテーターをしたが、どういう話の流れでいくかという程度の、大まかなものだった。

ところが、本番になると、打ち合わせになかったようなことを聞かれる。答えに詰まる。しかしテレビは、沈黙を許さない。考えることを許さないといってもいい。

それでも何かいわなければならない。司会者の発言に沿うようなことをいって、お茶を濁すしかない。少なくとも僕の場合はそうだった。

いってみれば求められるのは反射神経で、発言が誤解を招かないように、語句や表現を吟味している余裕はない。それに慣れてくると、書く物が雑になる。それを理由にテレビには出ないことにしている、というジャーナリストもいる。

もしかするとコラムの筆者もコメンテーターの危険に気が付いていて、悩んでいるかもしれない。しかし、読者には関係がない。読者にとっては、新聞に書いたものが全てなのだから。

オレ様、何様、朝日新聞 ――2009.10

編集委員の中に何人か、

「この人間が書くたびに、朝日は読者を減らしているのではないか」

と心配になる編集委員がいる。

その一人、Sという女性編集委員は夕刊で毎月一度、ほぼ一ページを使ってインタヴューを書いていた。

質問と答えという形式のインタヴュー欄は「語る」というタイトルで、編集委員のときに作家の白洲《しらす》正子《まさこ》さんや国語学者の大野《おおの》晋《すすむ》さんや華道家の安達《あだち》瞳子《とうこ》さんなどの話をきいて、何回か書いた。

この欄が二〇〇〇年三月いっぱいで終わることになり、Sが最後のインタヴューに選んだのは、作家の五木寛之さんだった。五木さんの『大河の一滴』が話題を集めていた時期である。

二〇〇〇年三月一日付夕刊に載った「語る」は、こんなふうに始まる。

——三月。二十世紀最後の春。この二年間、毎月初めの「語る」を担当した私の回も、今回が最後です。

（五木）それは残念ですね。いつも興味ぶかく読ませてもらっていたのですが。

もしデスクをしていてこういう原稿を出されたら、

「五木さんはたしかにこういわれたんだと思うよ。だけどさあ、君はこれを五木さんの外交辞令、社交辞令だとは思わなかったのかね。いくらいわれたからといって、こういうことを書いちゃあいけないよ。こんなものが新聞に載れば、アンチ朝日の思うツボだ。それこそ洛陽の紙価は下がって、君は笑い者になるぞ」

といって書き直させるだろう。

活字になったのを見たとき、これを読んだ読者がどう思ったのか、気になった。同時に、五木さんの正直な感想も聞いてみたかった。

しかし筆者には、何もいわなかった。手遅れだったし、それに以前、彼女の書いた「ひと欄」に感想をいったばかりに、怒りを買ったことがあったからだ。

それは作家の大江健三郎さん、光さん父子を書いたもので、一九九二年十一月二十二日の朝刊に載った。

当時、大江光さんのＣＤがよく売れていた。光さんの作という曲を聴いたときは正直、これはホームパーティーに合いそうな音楽だと思っていた。

それはともかくとして、Sの「ひと欄」は、

「光さんのCDはとてもすてきです」

と始まり、次のように終わる。


枯れ葉の舞う街を、父は自分とほぼ同じ体格の息子の肩を抱えるようにして歩く。仲良しの2頭のクマが、肩を組んで歩いていくようだ。

この「ひと欄」を読んだときは、心底、驚いた。大江さん父子をクマにたとえるのは、失礼ではないか。そう思ったからだ。

編集委員室で筆者と顔を合わせたので、

「クマはまずいと思うよ。第一、クマは肩を組むかね」

と聞くと、彼女はこういった。

「サーカスのクマは、肩を組みます」

吐き捨てるような言い方と険悪な目つきに、

「だったら、サーカスのクマと書いてよ」

というしかなかった。

書くたびに読者を怒らせないかと心配になるのが、編集委員のKだった。

案の定、彼が何の連載を書いているときだったか、編集委員室に大野晋さんから電話があり、

「川村さん、僕はKさんという人にお会いしたことはありませんが、この人は書く姿勢ができていない。こういう人に書かせるのは、よくないね」

といわれた。

ちょうど大野さんが岩波書店から出す『日本語練習帳』の準備で例題に使う言葉の用例を探すために、新聞を丁寧に読んでいた時期である。

それから何日もしないうちに、今度は岩波書店の編集者のIさんから電話で、

「Kさんという編集委員は、何を書いても『お前たち、こういうことは知らないだろう』という書き方をしますね。読むと不愉快になります。それなのに朝日新聞は相変わらず書かせている。我慢も限界なので、僕の他に岩波の五人が、来月から朝日新聞の購読をやめることにしました。悪しからず」

といわれた。

Iさんとは、大野さんの紹介で知り合った。年齢は下だが、読解力や語感の鋭さは、僕など足下にもおよばない編集者である。

Kが編集委員が交代で書くコラム「閑話休題」に、

「正岡子規に会ってきた」

と書いたときは、親しい直木賞作家から、

「川村さん、このKという人、頭がどうかしてるんじゃないの？」

と、電話でいわれた。

作家、林真理子さんが『白蓮れんれん』を書いて柴田錬三郎賞を取ったときである。Kが林さんを「ひと欄」に書くという。

林さんとは、「週刊朝日」の連載がきっかけで長くおつき合いをいただいている。Kがどんな書き方をするか気になったので、ゲラを読んだ。中ほどのこんな一行に、目が点になった。


馬に食わせるほどあるという文学賞の何にいかほどの値打ちがあるのか門外漢の知るところではないが、賞も悪いものではないようでとふと思わせるふぜいである。


朝日新聞を読むようになって六十年近くなるが、これほど傲岸不遜《ごうがんふそん》な記事は見たことがない。これは大変だと思い、「ひと欄」のデスクに、

「ここは削った方がいいよ。林さんに失礼だし、作家や読者や出版社を、みんな敵に回すことになるから」

というと、Yというデスクはこういった。

「Kさんは特別編集委員なんですよ。特別編集委員の原稿は、デスクが手を入れてはいけないことになっているんです」

その結果、この原稿は一九九五年十一月二十三日付朝刊にそのまま載った。

Kはその後、論説委員になり、夕刊一面のコラム「素粒子」を担当した。そして二〇〇六年十月二十八日付「素粒子」にこんなことを書いた。


文化勲章5氏の平均年齢86歳。文化とは老化と見つけたり。勲章もらうには何より長生きが大事。


この年は、音楽評論の吉田秀和さんや作家の瀬戸内寂聴さんが受章した。吉田さんはこれを読み、親しい作家に電話で怒りをぶつけたそうである。

瀬戸内寂聴ファンは、どう思っただろう。

文化勲章を受章した司馬遼太郎さんは、すでにこの世にいなかった。しかし愛読者は健在である。「素粒子」に腹を立て、朝日新聞を恨まなければよいがと思った。

しかしKに対する「辛口名文記者」という社内の評価は、変わらないらしい。その後も紙面で名前を見る。読むと心配のタネが増えそうなので、読まないことにした。

「素粒子」で時の法務大臣、鳩山邦夫氏を「死に神」と書いたのは、Kの後を継いだ同じ社会部出身の論説委員の、別のKである。二人のKがどれくらい読者を怒らせ、部数を減らしたか。それを考えると、気が滅入る。

昔、朝日新聞きっての名記者、名社会部デスクから「週刊朝日」の名編集長になった涌井昭治

さんが、朝日の役員から九州朝日放送（ＫＢＣ）に出ると決まったとき、司馬さんは、

「涌ちゃんを出すようでは、朝日はあかんな」

といわれた。

もしかすると司馬さんは、涌井さんのように文章のわかる幹部がいなくなると、紙面が無政府状態といっていいものになると、予知していたのかもしれない。紙面を見ながらそう思うことがある。

「トロッコ」がいっぱい　——2009・1

朝日新聞社を定年になって七年もたつのに、古いつき合いの人たちから、

「君のところの新聞は一体、どうなっちゃったんだ。昔からエセ左翼の多いところだとは思ってたけど、最近はそんな記者や編集委員ばかりじゃないか」

といわれる。

その多くは一線を退いて悠々自適の身分の人たちだが、苦情をいってくるのは、そういう人たちだけではない。政財界の要人の社交場としては日本でも指折りの料亭の女将には、顔を合わせるたび、

「うちのお客さんたち、『朝日新聞は読む気がしなくなった。会社はつき合いでとってるけど、うちではとるの止めた』っておっしゃる方が多いですよ」

といわれる。

生まれかわっても朝日の記者になりたいと思っている人間としては、耳が痛いどころではない。

「後輩にいっておきます」

といって頭を下げることになる。

たしかにＯＢの一人として読んでも、

「何だ、これは。社民党の機関紙か」とか、

「論説顧問といっても、元は記者だろう。記者は取材した事実を書くのが仕事ではないか。君が世界地図を広げて考えたことなんて、タカが知れてるだろう。司馬遼太郎さんが考えたことなら読むけど」とか、

「『おやじの背中』で有名人のいい話を聞いているのに、この聞き書きは何だ。声に出して読むとつかえるようなものは、聞き書きとはいわないんだ」とか、思うのだから、毎月四千円近い購読料を払って読んで下さる方々が怒るのは、当然である。

ひとこと断わっておくと、右に書いた紙面批判は退社したから書くのではない。編集長や編集委員のときから、社内のあちこちでいっていたことばかりである。そのときどきの局長や役員にもいったことである。

僕のところに「朝日新聞がまともになってくれないと、困るよ」といってきてくれるのはそういうことをわかってくれている人たちだが、朝日に対する批判や非難が集中したのは二〇〇八年の六月のことだった。

六月十八日付夕刊一面の小コラム「素粒子」が、ときの法務大臣、鳩山邦夫氏をこともあろうに「死に神」呼ばわりしたときである。

政治家は、ほかの政治家が暴言を吐いたり失言をするとよく、

「政治家としてあってはならないことです」

とコメントする。

社長も自分の会社が失態をしでかすと、

「あってはならないことでした」

といって頭を下げるが、この流儀に従えば、

「死に神は使ってはならない言葉」

である。

少なくとも僕はそう思っている。

この「素粒子」を見てからは、作文の添削をしているマスコミ志望の大学生たちに、

「厄病神とか貧乏神は、自分を笑い者にするときに使う。それもよく考えたうえで。死に神は落語の世界でだけ使われる言葉だと思っておくこと」

ということにした。

禁句といっていい「死に神」を使ったら、筆者にお詫びを書かせたうえでこの小コラムをやめにするか、筆者を交代させるか、そのどちらかしかない。

このコラムによって販売局や広告局が甚大な損害や被害を蒙ったことを考えれば、筆者を社内で処分することが必要だった。

筆者だけでなく、こんなコラムをチェックをせずに右から左に通したデスクも、処分されてしかるべきだったろう。しかし朝日新聞社は、それのどれ一つとしてしなかった。したことといえば、同じ筆者に担当を続けさせることだった。

最悪の選択をしたことになる。

その結果、コラムの筆者は六月二十一日付で「鳩山法相を中傷するつもりはなかった」という、言い訳とも泣きごととも愚痴ともつかない、どうにも評しようのないものを書くことになった。

それが出た翌日、小学校の同級生三人から、

「今まではお前が仕事をしてた新聞だと思って朝日をとってたけど、来月からとるの止めた。悪く思わないでくれよ」

と、電話をもらった。

しかしこの何年か、似たようなことはよくいわれていたから、さして驚くこともなかった。

「やれやれ」と思っただけだった。

驚いたのは、六月二十一日付の文章に、

「諷刺コラムはむずかしいと思う」

とあったことだ。

この筆者は社会部に長く、「週刊朝日」の編集長から論説委員になり、「素粒子」を書くようになった。

社内の地位は高くなっても、もとは記者である。諷刺は記者の手に余るものだろう。なぜなら、諷刺に必要なのは、知性と教養のほかにユーモアと芸である。そんなことは「週刊朝日」の「ブラック・アングル」の作者、山藤章二さんの毎週の作品を見ればすぐわかることである。

言い訳とも泣きごとともつかないものを書いた結果、この筆者は知性、教養、ユーモア、芸の、何一つもっていないことを白状することになった。

聞くところによると、この筆者は三月いっぱい、「素粒子」を書くそうだ。まだしばらく晒し者になるのだから、気の毒といえば気の毒である。

カン違いをしている記者は、政治部にもいる。政治面の記事には、麻生首相の言い分を紹介して、「強弁した」と書いた記者がいた。

「強弁」に記者の主観や感情がこめられていることは、明白である。記者にあるまじき書き方といわれても、申し開きができないだろう。

記者なら、首相の言い分を「といった」と、事実として書いたうえで、それが強弁だと思うなら、そう思う理由を、スジ道を立てて、スラスラと読むことができてスラスラとわかるように書かなければならない。

これはかなりな難作業である。

思い返せば、俳優の森繁久彌さんに、

「新聞が昔に比べると読むところが少なくなりましたが、川村さん、新聞は面白いといけないんですか?」

といわれたのは「週刊朝日」の副編集長のときだから、もう二十年以上前になる。

「新聞がつまらないのは、昔のような面白い記者が減ったからでしょう」

といってお茶を濁したのだが、昔は半人前の記者を「トロッコ」といった。

キシャのように自力で動けない、という意味である。何回もいわれたから、耳にタコができた。

朝日新聞を見ていると、最近は肩書の立派なトロッコがふえたような気がしてならない。

ところが、若い記者はトロッコが何なのか、知らない。厄介な時代である。

拝啓　渡邉恒雄様

――２００４・11

読売新聞の渡邉恒雄さんという人を身近に感じるようになったのは、「週刊朝日」の編集長になって程なくのことだった。

リクルート事件の取材だったと記憶する。渡邉さんにじかに確かめなければならないことができて、編集部の記者がお宅に夜討ちをかけた。

事件の取材できたと知った渡邉さんは烈火のごとく怒り、

「そんな事件のことなど、わしは知らん。だれにいわれてわしのところにきたんだ。君ンとこの編集長は、何という名前だ。こんど中江君に会ったら、いっておく」

といったそうだ。

「中江君」というのは、そのころ朝日新聞社の社長をしていた人である。

取材から帰ってきた記者が、

「すいません。川村さんの名前、いっちゃいました」

と、恐縮している。

「中江君にいっておく」といわれて、若いその記者は、僕が出世できなくなるとか、何か不利益があるのではないかとか、そんなことを考えたらしい。彼には、

「事実なんだもの、隠す必要はないさ。そんなこと、気にするなよ」

といった。

次に渡邉さんを意識したのは、上坂冬子さんと曽野綾子さんの対談「大声小声」が、単行本になって出たときである。

本の帯を渡邉さんが書いていた。短い文章だったが堂々としていた。良くも悪くも、覚悟を決めた人の文章だ、と思ったことを覚えている。

世間では、新聞社の社長ともなれば、ひとかどの文章が書けると思われているようだが、残念ながらそうではない。

下の者に書かせる社長がいる。書いても、腰の引けた、情けない、読むにたえない社長もいる。そういう社長は、自分の会社の催すパーティーの挨拶まで、秘書に書かせたりする。秘書は社長の顔色をうかがいながら、社長の喜びそうなことを書こうと考える。

パーティーにきた人たちに、

「うちの社長は、こんなに立派なことを真面目に考え、日々の紙面を作っています」

と思ってもらいたい――という挨拶文ができ上がる。

その結果、たとえていえば新聞の社説のようなことになる。立派かもしれない。が、長くて退

屈である。聞かされる方は、たまったものではない。文章の書けない人が新聞社の社長になると、御本人も周囲も悲劇である。

本の帯で渡邉さんの文章を知ってから、興味を覚え、雑誌に書かれたものもいくつか読んだ。考え方に賛成はできないにしても、同じくペンで生きる者の一人として、この先輩に注目するようになった。

一度、手紙をもらったことがある。

渡邉さんが「週刊朝日」で長く続く、息子の嫁自慢をするカラー・グラビア（「縁あって父娘」）に登場したときのこと。後で聞くと、取材の依頼をファックス一枚に書いて送ったらすぐオーケーが出て、雑誌ができると、まとめて百五十冊、買ったという。

テキながら天晴れである。

編集長はとうに辞めていたが、元編集長として、手紙を書いた。百五十冊も買ってくれたお礼にキザを承知で、

「朝日入社の身許保証人は永井大三《ながいだいぞう》さんでした。その一の子分、豊川正男さんが若死にしていなければ、朝日、読売の地位の逆転はなかったと信じる者です」

と書き添えた。

永井大三さんという人は朝日の販売の神様のような存在で、社主の村山家との確執から、身を退いた。新聞人ならだれでも知っている。その薫陶を最も受けていたのが、豊川さんである。残

念なことに、五十の半ばに癌で亡くなった。

僕が入社してしばらくは朝日が部数でもトップで、日本の新聞を代表する顔といえば、朝日の社長と決まっていた。ところが、部数で読売に抜かれ、顔も渡邉さんに奪われてしまった。「クソッ」と思っていたから、ジャブのつもりで一筆、書き添えたわけである。

一週間もしないうちに、返事がきた。

名前の入った便箋で二枚。朝日、読売のことにはふれず、「いいページに出してもらって、嫁ともども喜んでいる」旨が、ボールペンで書かれていた。

意外だったのは、文字の下手なことである。

「嫁」なのか「娘」なのか、よくよく見ないとわからない。渡邉さんは読売の「主筆」だそうだが、同時に「悪筆」だと思った。

びっくりしたことが、もう一つある。

東京ドームの巨人戦のキップが四枚、同封されていたことだ。

そのキップで友だちと試合を見て帰ってきた息子は、「ロイヤル・ボックスみたいな、すごい席だった」といっていた。

こちらが社長や現役の編集長ならいざしらず、一介の編集委員である。その程度の者にまで、こういうことをする。心憎いばかりの気くばりである。これまた、テキながら天晴れというしかない。

朝日の販売や広告の人間に、酒を飲みながらこの話をしたことがある。

「そういう人が大将の会社を相手に競争をしなければいけないんだから、君たちは大変だよな」

といったのだが、彼らの話によると、広告でも販売でも、ここぞというときになると読売は大将が出てきて、トップ・セールスをするそうである。

広告はそれで、何回か悔しい思いをしたらしい。

大きな書店の店主を招いて宴会をすると、渡邉さんは最後まで残って、お客さまを見送るという話だった。そういう話を聞くにつけ、渡邉恒雄という人はテキながら有能な指揮官、大将だと思っていた。

しかしこのところの、プロ野球再編問題に始まって選手がストライキをした一連の騒動を見ていると、本当に優れた大将なのかどうか、疑問に思うようになった。

乱世では、有能なワンマンがトップにいて、ものごとを即断即決する組織が強い。すべてにスピードが求められるからである。

しかし本当に有能なワンマンは自分の周囲に、

「それは間違っていませんか」

と、面と向かっていう部下を置いておくものである。

松下電器の創業者、松下幸之助という人は、相談役になってからも、そういう人間をそばに置いていたそうである。

ところが渡邉さんの周りには、「おそれながら」という人間が、いないようである。

とはいえ、朝日からすれば手強い相手であることは間違いない。

プロ野球騒動のさなか、渡邉さんは朝日の論説主幹のWと靖国神社問題をテーマに、雑誌で対談をした。「論座」という朝日の月刊誌である。読売の主筆VS朝日の主幹の一騎打ちの図である。雑誌が出るとWは「我々は靖国神社に対する認識が一致した」と喜んでいたが、社内ではほとんど話題にならなかった。それどころか販売の社員などは「うちの人のよさには呆れます。渡邉さんにうちの雑誌を使って読売の宣伝をされただけですよ」といっていたが、対談はなる程そういう内容で、僕には「渡邉さんからすれば、赤子の手をひねるようなものだったろう」と思われた。

対談の時期を考えればWは、

「ところで渡邉さんの日本プロ野球についての発言は、世界を仕切ろうとするブッシュ大統領と似ていると思いますが、いかがですか」

と聞いてもよかった。

Wはプロ野球に関心がないのかもしれない。しかし、ドラフト制度をゆがんだものにしたことをはじめ、日本のプロ野球をねじ曲げた〝主犯〟がジャイアンツであることは、ファンの目には明らかである。その暴走が目に余るようになったのは、渡邉さんがオーナーになってからだということもまた、多くの人が思っていることである。

オーナーは辞めても、主筆まで辞めたわけではない。ただちにとはいわない。プロ野球はどうあるべきなのか。どういう形がいいのか。できれば「週刊朝日」に書いてもらえると、プロ野球ファンの元編集長として、これ以上の喜びはない。

愛すればこそ ――2005・3

朝日新聞社を定年で辞めるとき、社内報に、

「朝日に入ったおかげで白洲正子さん、司馬遼太郎さんといった、錚々たる方々の知遇を得ることができた。朝日には感謝している」

と書いた。

そして続けてこう書いた。

「生まれ変わっても、慶應義塾に学び、朝日新聞社に入り、今の妻を娶り、『週刊朝日』編集長を務め、一記者にもどって終わりたい」

本気でそう思っているからである。

予想通り、カミさんには、

「あなたはそのつもりでも、私は生まれ変わったら、あなたとは結婚しないわよ」

といわれた。

たぶんそうだろうと思っていたから、びっくりしたり、あわてたりしなかった。何しろカミさ

んは、「私の人生の唯一の汚点は、あなたと結婚したことよ」と、広言して憚らない。

全く意外だったのは、同僚、後輩から、

「川村さんはいつも会社で、朝日批判をしていたから、朝日が嫌いだと思ってました。本当は朝日が好きだったんですね」

といわれたことだった。

それも一人、二人ではなかった。

わざわざ廊下の隅に呼んで、周りの目を憚るようにしていう人間までいた。

そんなことが何回も続くと、正直、うんざりした。

好きでなければ、だれが嫌われたり、煙たがられることがわかっていることをいうものか。朝日新聞社あっての自分だ。そう思っているからこそ、いうのではないか。

新聞記者はよその会社のことをあれこれいうのが仕事だ。自分の会社についてもいろいろ注文をつけるのは、当たり前というよりは義務、仕事の内ではないか。

しかも注文をつける一番の、あるいは最大の対象は、自分たちが日々作っている新聞の紙面と、発行している雑誌の誌面。製品であり、商品である。

「こうする方がよくなるはずです」と、代案を持って批判をするかぎり、妻子が路頭に迷うことはない。

それでも保身にこりかたまったような上司が何かいったら、「この会社に言論の自由はないのですか」といえばいい。それだけのことである。

少なくとも僕はそうしてきた。

そして、後輩の記者に対してばかりではなく、販売や広告の人間にも同じことをいってきた。

しかし反省点がないかといえば、ある。

社内報に書く字数がもう少し多ければ、「生まれ変わっても朝日」という宣言の後に、

「ただし、はっきりものをいいすぎた。そのために、敵を作りすぎた。次は、もう少し賢く立ち回るだろう」

と、書きたかった。


ところで「NHKの番組作りに政治介入はあったか」ということについてだ。これは、市民運動家が先の戦争の最高責任者を追及する法廷を開くというのでNHKが番組にし、朝日が一面で「自民党の有力者が番組にする過程で介入した」と報じ、「介入はなかった」と主張するNHKともめた件である。

「介入はあった」と書いたのは、「週刊朝日」編集部にいたことのある、社会部のHという記者である。

Hとは副編集長、編集長としてつき合ったが、はじめて我が家に何人かの部員と酒を飲みにきたとき、カミさんと娘に名刺を渡し、「僕は『週刊朝日』のHと申します」といったので、思わず、

「お前、バカじゃねえか。無駄なことはするな」

といった。

稚気愛すべきところがあり、ちょっとからかうとムキになるので、面白い奴だと思っていた。

いつも体がかしぐほど重いスーツケースを持っていて、中にはパスポートのほか、何日分かの着替えや非常食のようなものまで詰まっている。

「僕はいつ、どこへいけといわれてもいいようにしているんです」

というのが口癖だった。実際、危険は省みず、現場に突っ込んでいく。頼りになる記者の一人だった。

一九八九年二月、彼はソ連軍が撤退した直後のアフガニスタンに入り、ルポを書いた。

その記事の担当デスクではなかったが、読んでみて、「よくやった」と思った。

ただ、彼の書いた短い「編集後記」が気になった。

「取材を終えて、アフガニスタンの首都カブールからインドのニューデリーに移ると、街角に戦車や兵隊の姿がない。生まれてはじめて、解放感を味わった」

と書いていたからである。

Hを喫茶店に呼び出してこんな問答をした。

「お前、生まれも育ちも京都だよな。京都の街角に戦車や兵隊がいたか?」

「そんなもの、いませんよ」

「じゃあ、おかしいじゃないか。なぜ『生まれてはじめての解放感』なんて書いたんだよ」

「ちょっと、ホッとしただけですよ」

「だったらどうして『ホッとした』と書かないんだ。『生まれてはじめて』なんて書くから、朝日は誤解されるんじゃないか。ありのままに書けよ」

彼の突撃精神がいかんなく発揮されたのは、同じ年の暮れ、チャウシェスク大統領夫妻が銃殺された直後のルーマニアのルポである。

彼は大統領夫妻の寝室に入り、長くルーマニアを支配した独裁者の枕元にあった痔の薬を見つけ、彼が痔に悩まされていたことを記事にした。

週刊誌にはうってつけの〝特ダネ〟である。正月休みを返上して極寒の東欧に飛んだHを慰労したのは、いうまでもない。

僕が編集長から新聞の編集委員になると、Hは少し遅れて「週刊朝日」から古巣の社会部にもどった。

程なくして、朝日の出版局が文藝春秋の花田《はなだ》紀凱《かずよし》氏を編集長に迎え、新雑誌「UNO」を創刊することが発表になった。

花田氏は「週刊文春」の編集長として名を馳せた人物だが、次に月刊誌の編集長になったとき、社外筆者の書いた「ナチの収容所にガス室はなかった」という原稿を載せ、それが元で雑誌は廃刊になった。

そういう人物に朝日新聞社はなぜ、新雑誌をまかせるのかと、大きな話題になった一件である。

僕自身、このことを知ったのは新聞の記事になってからだったが、もし事前に意見を求められていたら、「断固、反対です」といっただろう。彼に頼む理由がないからである。

この話題で社内がもちきりだったとき、Hは会社に対する質問状を書き、社内に配った。確か質問は五、六項目だったと記憶するが、要するに、

「なぜ花田氏なのか、説明をきちんとすべきではないか」

という、至極もっともな内容である。この質問状に社会部出身のK編集局次長（後に専務取締役）は「会社が決めたことに逆らいやがってHの野郎、バットでぶん殴ってやりたい」といっていた。

Hは今回の件で、「週刊新潮」には「極左記者」のレッテルを貼られた。しかし、純粋な正義感の持ち主であることも知っておいてもらいたい。

ことのついでに記しておくと、Hの質問、というより社員の多くが思っていた「なぜ花田氏なのか」という疑問に対しては、幹部からの答えは、ついになかった。

それにしても「朝日新聞VSＮＨＫ」という騒動は、どういう形で決着するのだろう。

報道を見るかぎりでは、水かけ論から泥沼化の様相を呈しているように見える。事実が正確にわからない以上、はっきりしたことはいえない。が、裁判になって朝日が勝ったとしても、ダメージは大きそうだ。

Hにキズがつかなければよいが、そしてまた「だから朝日は嫌われる」というようなことにならなければよいがと、祈るばかりである。

デザイナーのカン違い　――2009・7

五月に入って、朝日の後輩からの電話が増えた。

社会部はもちろんだが、販売局や広告局ばかりではない。つき合いの古い販売店の人たちからも、かかるようになった。

春恒例の紙面改革で、四月から紙面が変わった。新聞は日々紙面改革に努めるべきで、春と秋しかしないというのは妙な話だと昔から思っていたが、それはさておき、電話は、

「今度の改革、どう思います？」

という質問だ。

「俺の感想を聞く前に、君はどう思っているのか。それを先に聞かせてよ」

というのだが、「世界のどこかで日本の明日を考える」を謳い文句に、月曜朝刊に挟み込まれるようになった「グローブ」面の評判が芳しくないようだ。

僕もグローブをはじめて見たときは、目を疑った。一面から開いていくと、いきなり「グローブ」の最終面にぶつかる。一面から順番にめくっていくと最終面というのは、読者の都合を無視

した、手前勝手、独善的といわれてもしかたのない構成ではないか。読者に失礼ではないか。そう思ったからである。

むろん一面からではなく社会面の方からめくっていけば「グローブ」の第一ページになるのだが、しかしどちらから開いていっても違和感のないようにする。これが、日本の新聞の常識というものだろう。

それでなくても朝日は嫌われているのに、こんなことをすれば、

「読者のことより自分たちのことしか考えない、いかにも朝日らしい紙面だ」

といわれるのは、わかりきっているではないか。

なぜこんなことをしたのか？　後輩に聞いても、

「さあ……」

というばかりである。

中には、

「川村さん、なぜだと思います？」

と聞くのがいる。

現役の社員にわからない社内事情、ＯＢにわかるわけがない。しかし、何となく想像はつく。

「グローブ」を作っている編集の記者やデスクは、

「読めば中身のよさはわかるはずだから、開く順番なんか気にする読者はいないよ」

と思ったのではなかろうか。

新聞という、いわば押し売りの世界しか知らない記者には、こういう考え方をする人が珍しくない。しかし、雑誌という市場経済の風にさらされると、買ってもらうこと、読んでもらうことがいかに大変かわかる。ところが、そういう苦労を知った人間が、社内の本流に残ることはまずない。

肝心の「グローブ」の中身である。

さて読もうかと思うと、これがまた厄介だ。

各ページに記事の大きな塊のようなものが三、四カ所に散っている。どの塊から読めばいいのか、パッと見ただけではわからない。

おまけに明朝体の活字が横組みになっている。字数を数えると、一行十六字である。

老眼の度数が進んだせいか、十六字もある横組みの活字を追っていると、行を途中で間違える。

縦組みの活字で行を間違えたことは一度もない。ところが横組みで長いと、途中で一行下にいったりする。いやになって読むのをやめることになる。

活字に詳しい人に聞くと、新聞の明朝体は、縦組みのために作られた活字だそうである。

「縦用に作った活字を横に使うんですから、読みにくくなるのは、当たり前ですよ。老眼の度数とは、関係ないでしょう」

という話だった。

いわれてみれば横組みでも、写真説明のような、ゴチックの活字で一行十字前後のものなら、比較的抵抗なく読むことができる。

朝日の長年の読者は、年齢の高い層が多いというのは、何年も前からいわれていることである。古い読者のことを考えたら、こんな見にくく読みにくい紙面にならなかったのではないか。紙面のレイアウトは、社外のデザイナーに頼んでいるらしい。その世界では名のある人だと、聞いている。

昔々、懐具合のよかったころ、少し贅沢をしようと、日本橋のデパートでYシャツを仕立てたことがあった。

奮発したせいか、そこで一番だというデザイナーが出てきた。今風にいえば「草食系男子」がペラペラとカタカナ言葉をしゃべり続けながら寸法を採った。

できあがったYシャツは、前も袖口もボタンが四角だった。クリーニングから返ったシャツを着るのは、ひと仕事である。

糊がきいてボタンの穴が固くなったところに四角いボタンをはめ込むのは、容易ではない。左手が不器用すぎるのか、右袖のボタンはカミさんの手を借りるしかなかった。

早速ボタンを丸に換えてもらったが、これはデザイナーが冒しやすい間違いの典型である。

前例のないもの、あっと驚くようなデザインをしてやろうと、ついつい気張る。気張るあまり、見た目のことに気を奪われ肝心要《かんじんかなめ》の使い勝手を忘れることになる。

「週刊文春」の表紙でおなじみの和田誠さんはプロ中のプロというべきデザイナーで、毎日新聞の書評ページが、すっきりと上品で読みやすいと評判がいいのは、和田さんが毎日新聞のレイアウトをする人たちに適宜アドヴァイスをしているからである。

御多分に洩れず、社内には「このページにも、今風に横組みのコーナーを作りましょう」という声があるらしい。しかし、

「そんなことはしない方がいいよ」

と、止めているのは和田さんだと聞く。

それはともかくとして、和田さんがあるとき、こういったことがある。

「僕ら仕事柄、いろんなパーティーに招ばれるでしょ。案内状に会場の地図が付いているじゃない。デザイナーが描くらしいんだけどさ。地図を頼りにして、会場に着けた試しがないの。パッと見はよくても、地図の役を果たさなきゃ、意味ないのにね」

「グローブ」のデザイナーはたぶん、「大朝日の新紙面、ここは一番」と張りきったにちがいない。その結果、一人では着られないYシャツ、たどり着けない地図になったのだろう。

後輩にいわれて「グローブ」の記事を何本か読んだが、人に勧めるようなものはなかった。それより、この程度の話なら海外出張までしなくても、国内で取材できるだろう、という記事が目についた。

聞くところでは、第一線の主として地方にいる記者たちは、「経費削減」といわれて国内の出

張もままならないらしい。そういう記者たちがどんな目で「グローブ」を見ているか、想像にかたくない。

かかってくる電話にはだいたいそんなことを話すのだが、

「やっぱり川村さんから見ても、『グローブ』はダメですか。僕らと同じなんですね」

といわれる。

あまりにもそういうことが多いので、最近は電話を切る前に必ず、こういうことにしている。

「俺に電話をするのもいいけど、その前に、社内で議論をしろよ。さもないと、朝日はほんとに夕日になっちゃうぞ。朝日を大事に思うなら、ガンガン社内や部内でいうべきだろ。定年になって八年もたつ俺にいったって、俺はもう、何の役にも立てないんだからさ」

読むところがますます少なくなった紙面を見るのは、辛く悲しい。

しかしそれ以上に辛く悲しく、寂しくも思うのは、ものいわぬ社員が増えているらしいことである。社会部の中堅の一人は、

「今の編集局には、ものをいいにくい空気があるんですよ」

といった。

空気のせいにする者は、記者にならないほうがいい。

愛国心の行方

――2006・7

四月のはじめ、朝日新聞社から紀行文を頼まれて、韓国に十日ばかりいってきた。

韓国には一九九七年に一度、いったことがある。「朝日旅行」という朝日新聞社の子会社から頼まれ、司馬遼太郎さんの「韓《から》のくに紀行」をたどるツアーの人たちに、旅の間、この作家の思い出話をした。

今回は、そのときにいかなかったところにもいった。

「第3トンネル」である。

このトンネルは北朝鮮が韓国に軍隊を潜入させるために掘ったもので、幅が二メートル、高さ三メートル、長さは実に千六百メートル以上ある。

トンネルは北朝鮮側の非武装地帯から始まり、三十八度線を地下深く越え、韓国側の非武装地帯まで掘られていた。

北朝鮮の計算した通りに完成していたら、約一時間で三万人の軍隊を送り込むことができたそうだ。

なぜわかったかというと、非武装地帯を警備する国連軍が、地下の探索のためにときどきボーリングをして水を流し込む。地下に何もなければ水は溢れる。

ところが、水をいくら流しても溢れない穴がある。調べてみると、ボーリングした穴が、北朝鮮から韓国に攻め込むためのトンネルに当たっていた。

さらに調べると、トンネルは他に二本あった。「第3トンネル」は、その中で一番、韓国側に近い大規模なものだった。見つかっていなければ、二回目の朝鮮戦争が起こっていたかもしれない。いや、その危険はかなり高かったはずだ。

トンネルに入るのは簡単で、非武装地帯をめぐるツアーに申し込めばいい。ツアー料金は六千円弱である。

ヘルメットはつけるものの、トロッコで地下深く進んでいくのは、決して気持ちのいいものではない。

トンネルの中は、固い岩盤である。大型の機械を使えば国連軍や韓国軍にわかってしまう。ほとんどは手作業だっただろう。

手作業となれば、道具は鉄のノミと鉄の金鎚しかあるまい。三十センチ掘るのも大変だ。それを千六百メートルも掘る。菊池寛の小説『恩讐の彼方に』で有名な大分県耶馬渓《やばけい》の岩山を穿った「青ノ洞門」の何倍になるのか。考えただけでも、気が遠くなりそうだ。

いったい、何人動員したのだろう。

動員された中には、日本政府の説明や新聞報道を信用し、北朝鮮を理想の国だと思って日本から渡った人もいたのではなかろうか。

ケガをした人、死んだ人もいたに違いない。

何にしても、狂気の沙汰である。

このトンネルが見つかったのは、一九七八年である。掘られたのは、七〇年代だろう。

金日成《キムイルソン》独裁下の北朝鮮はトンネルを掘る一方で、日本から曽我ひとみさん母娘を袋詰めにしたりして、次々とさらっていた時期である。

マスコミはそんな国をついこの間まで、「朝鮮民主主義人民共和国」と正式名称で報じていた。

マスコミで長く禄を食んでいた者の一人として、どうお詫びをすればよいのか、言葉が見つからない。

トンネルを見終わってソウルにもどる電車に乗ると、ゴルフ帽がよく似合う老紳士から、

「日本の方ですね」

と話しかけられた。

様子のいい人なので、「失礼ですがお年はいくつですか」と聞くと、

「大正十三年のネズミ年です」

という。

朝鮮が日本の植民地だったときに生まれ、早稲田大学に籍を置いたことがあるそうで、日本の

古い作家のものは、僕よりよく読んでおられた。司馬さんの大ファンで、作品はほとんど目を通しておられ、

「今でも毎月、『文藝春秋』は読んでいます」

ということだった。

ソウルの郊外に住んでいて、アメリカから遊びにきた孫たちに、北朝鮮がどういう国なのか教えたくて、トンネルに連れてきたという話だった。

「北朝鮮をどう思いますか」

と聞かれたので、

「物騒な国ですね。こういう国がすぐ隣にあるのですから、韓国の人たちの緊張感は、日本人には想像がつかないものだと思います」

と、正直に答えてから、

「ただ、九年前にきたときと比べると、韓国の人たちの緊張感が薄くなっている気がするのですが、いかがでしょう」

と、聞いてみた。

すると老紳士は大きくうなずいて、

「おっしゃる通りです。韓国も困ったことに平和ボケになっています。盧武鉉《ノムヒョン》大統領の北朝鮮政策は、間違っていますよ」

といってから、

「ところで日本には、国旗や国歌に敬意を表さなくてもいいし、愛国心を教えることはよくないという人がいるようですね。あなたは朝日新聞社におられた人として、どう思われますか」

と聞き返された。

こういうとき、答えをはぐらかしたりするのは、相手に失礼である。

「君が代」、日の丸については前書『学はあってもバカはバカ』にも書いたことだが、次のように答えた。

国旗、国歌が人に危害を加えたことはない。しかし、悪用した人間がいたのは事実である。朝日新聞社は夏の大きな催しである甲子園の高校野球の開会式と閉会式で、社長が脱帽して国旗、国歌に敬意を表している。日本人ならたいていの人が知っていることである。

老紳士は、穏やかな笑顔を絶やさずに説明を聞き終えると、こういった。

「よくわかりました。日本には自分の考えをはっきりおっしゃらない人が多いと思っていましたが、あなたのような方もいるのですね」

国旗、国歌については、次のような事実もある。

「朝日新聞コラムニスト」の肩書きを持つ後輩のH君は、国旗・国歌法ができるとき、難クセをつけているとしか思えないものを書いた。そのとき彼には、

「夏の甲子園のセレモニーであれだけのことをしているのだから、『法律にする必要はないだろ

う』と書くのならわかるが、甲子園の事実に全く触れずに書いても、世間は納得しないだろう」

といった。

すると彼は、

「夏の甲子園と僕の書いていることとは、関係がないです。それとこれは別です」

といった。

それとこれがどう違うのか、いくら説明を聞いてもわからない。「話せばわかる」というのは違うぞと、改めて思ったことだった。

ただ、愛国心については、「愛国心をうんぬんするのもいいが、その前にすることがあるだろう」と思っている。

もちろん、愛国心は国民一人ひとりが持っていて当然で、それを否定する人間は、日本以外にはまずいないのではなかろうか。そう考えている。

愛国心（祖国愛。母国愛。呼び方は何でもいい。この国に誇りを持ち、大切に思う気持ちのことである）の元は何かといえば、まず家族への愛だろう。

家族愛に始まり、次に芽生えるのが郷土愛、自分の生まれ育ったところへの愛情である。

ところが、国は約四十年前に、郷土愛を育むきっかけになる町の名前を変えた。

常陸宮邸や國學院大學のあるところは「常盤松《ときわまつ》」とか「新田《しんでん》」とか、響きのいい町名があったのに、渋谷駅より東にあるというので、「渋谷区東」にされてしまった。

浅草も、無惨なことになっている。「象潟《きさかた》」には昔の人の汗や涙が詰まっているが、「浅草四丁目」では、ただの記号である。

司馬遼太郎さんはよく、

「ヨーロッパには日本と違って、子供のころに見た景色を変えてはいかんという共通認識があるようやな」

といっておられたが、日本は景色だけでなく、子供のころからなじんでいた土地の名前まで変えてしまった。

これでは郷土愛は育ちにくい。郵便番号を七ケタ書くようになったのだから、昔の町名にもどしても、郵便が配りにくいことはないだろう。

町名を昔のものにもどしてもらいたい。

そして「さいたま市」は「埼玉市」と書くようにしてもらいたい。平仮名にしなければならない理由が、どこにあるのだろう。選挙のポスターは、なぜ候補者の名を平仮名にするのか。漢字に振り仮名を付ければいいではないか。有権者を馬鹿にしているとしか思えない。

ついでといっては何だが、朝日新聞の「ジャーナリスト宣言」の中に「言葉のチカラ」という表現がある。なぜ「力」ではなく「チカラ」なのか、理解できない。「言葉の力」としてもらいたい。

日本が大切だと思うなら、日本語をまず大切にすることではないか。政府も新聞も、それを忘れてはいないか。

政治部不信

――2009・3

朝日新聞の夕刊にある「池上彰の新聞ななめ読み」は、砂漠のような紙面のオアシスといっていいコラムである。

筆者の池上さんは御存知の方が多いと思うが、NHKの記者時代、子供向けニュース番組のキャスターをしていたジャーナリストである。

子供向けといっても、政治や経済や社会の問題から国際問題まで、大人が知っておいていいニュースを扱っていた。

こういうニュースを、子供にもわかるように伝えるためには、自分がよく理解していなければならない。

よく理解するには、ニュースの当事者に代わって説明できるくらい、納得のいくまで取材しておく必要がある。

納得のいくまで取材するには何が大切か?

司馬遼太郎さんに教わったのは、

「バカになって話を聴くことやな」

ということだった。

記者がプライドを捨ててバカになるのは、簡単なことではない。勇気がいる。

さらに大変なのは、取材したことを子供がふだん使っている言葉に置き換える作業である。いってみれば翻訳である。

いい翻訳は、日本語についての幅広い教養がなければできない。

以上のすべてがそろってはじめて、子供向けニュースは、大人にも役に立つ番組になる。

再び司馬さんに教わったことを書けば、

「未知の分野に入っていくときはな、その分野の一流が、子供向けに書いた本を読むとええで」

ということになるが、ＮＨＫの「週刊こどもニュース」の評判がよかったのは、池上さんが一流のジャーナリストだったからだと、僕は思っている。

「ななめ読み」で忘れてならないのは「です、ます調」の文体の魅力である。

これは厄介な文体で、平仮名が多くなるから、文字数がふえる。字数が限られたコラムに収めるには、重箱の隅を突つくような作業がいる。

もう一つ、どうしても締まりのない文章になりがちだ。

従って批判をするときや注文をつけるのには、向かない。そう考え、僕は「だ、である調」を基本にし、「です、ます調」を避けてきた。

自分でそうしているだけでなく、記者をめざす学生には、エントリー・シートでも「です、ます調」は使わない方がいい、といってきた。今もそういっている。

ところが「ななめ読み」の筆者は、新聞、ことに朝日新聞の記事に対して厳しい指摘をすることが多いのだが、「です、ます調」の文体なのに、凛としたところがある。文章全体に緊張感がある。

この文体でこれほど緊張感のある文章の書き手といえば、東大の岩井克人《いわいかつひと》教授（経済学）くらいしか、頭に浮かばない。池上さんがどういう文章修業をしてきたのか、機会があれば教えてもらおうと思っている。

ところで二月二十三日付の「新聞ななめ読み」は、

「テレビのない時代なら、新聞記者は会見の追及が甘くても、読者に批判されないで済んだでしょう」

という書き出しで、G7に出席した中川財務・金融大臣の酔眼朦朧《すいがんもうろう》会見を取り上げた。記者会見に出ていた記者たちが大臣の異様、異常な言動について、だれ一人質問をしなかったことを厳しく指摘し、続けて毎日、読売、朝日三紙が報じた「実はあのとき」という記事を簡潔に紹介し、批判をしてこう結ぶ。

「中川氏の飲酒癖を知っていながら、大事な会議の前夜に一緒に酒を飲む記者。記者会見前の昼食でワインを注文した中川氏の行動を『確認』しなかった記者。大臣の呂律《ろれつ》の回らない様子を問いたださなかった記者たち。記者たちの行動もまた、読者から厳しく問いただされる時代なのです」

　中川大臣と記者の関係はどうなっているのかという、鋭い問いかけである。

　大臣についてG7にいった記者は政治部か経済部のいわゆる番記者たちだろう。

　中川氏と番記者たちの関係について、以前、社会部の記者K君からこんな話を聞いた。

　ある夜、K君は中川氏と政治部の番記者の懇談会、通称「記者懇」に紛れ込んだのだそうだ。紛れ込んだといっても、野次馬根性旺盛な男のことだから、

「この会合は何だ。ひとつ覗いてやろう」

と、意識的に入り込んだに違いない。

　部屋に入ると、番記者の視線が一斉にK君に注がれた。政治部と社会部では、身なりからして違う。臭いが違うといってもいいかもしれない。

「見なれない顔だが、何だ、こいつ」

　そんな目で見られたことだろう。

　しかし修羅場の経験を数多くしてきたK君、そんなことではビクともしない。悠然としていると、番記者が三、四人集まってヒソヒソ話を始めた。何を話しているか、K君は先刻お見通しである。

「オレが何者か、あれこれいっているのだろうな」と思っていると、案の定、「幹事社」と名乗

る記者がきて、「どこの新聞社ですか」と聞くので、「朝日の社会部です」と答えた。

するとと幹事社の記者はまた鳩首協議をしている。K君、「オレをどうするか、相談しているな」と思っていると、再び幹事社の記者がきて、

「いてもらってもかまいませんが、これはオフレコですからメモはしないで下さい」

といった。

K君、腹の中では、

「お前ら、それでも新聞記者か。政治部は、政治家の飼い犬か」

と思ったが、そんなことはおくびにも出さず、

「わかりました」

と、ニコヤカにいった。

そうこうしていると、中川氏が部屋に入ってきた。酩酊はしていないが、酒気を帯びていることは、明らかだった。中川氏はひとわたり記者を見渡すと、

「おう、だいたいそろったな」

といった。

K君は、

「おうという言い方からして、どこかの組長が子分たちに話しかけている」

感じがしたそうである。

ヤレヤレと思っていると、中川氏が突然、大声で、

「おい、そこのお前、何やってんだ」

といった。

K君が「そこのお前」を見ると、いかにも新人の番記者らしい記者が開いたメモ帳とボールペンを持ったまま、おびえている。

中川氏に、

「おれの話をメモする奴がいるか、バカッ」

といわれ、あわててメモ帳とボールペンをポケットにしまった。

正確に描写することができるのは、K君が何食わぬ顔をして、ポケットの中でメモをしていたからである。

大した話もないままこうして記者懇が終わり、K君が部屋から出ようとすると、またまた幹事社の記者がバタバタときて、

「今夜見たことや聞いたことは、忘れて下さいよ」

といったそうである。

K君は一通り話すとこういった。

「政治家と番記者の懇談というのは、どれも似たり寄ったりだと思いますね。政治記事が読まれないのも、しかたないですよ。賢い読者はお見通しでしょう」

酔眼朦朧で会見をしたり、森元首相のように、取り囲もうとする記者に非礼にも「うるさい」というような政治家には、選挙という審判がある。こういう政治家は困ると思えば、有権者がその人間に投票しなければすむ。

しかし聞くべきことを聞かず、「うるさい」といわれても黙っている新聞記者の作る新聞は、どうするか。朝日新聞にお世話になった者として、まさか「新聞は読まなくていいですよ」とはいえない。困っている。

再び政治部不信 ——2009・10

二〇〇八年秋、当時の麻生首相がホテルのバー通いをしていることが、新聞やテレビの話題になっていたときである。「週刊朝日」の編集長から電話をもらい、

「政治部の記者たちはホテルのバーがどんなところか、ろくに取材をしないで書いているんじゃないですかねえ。はじめに結論ありきの記事やコメントが多いのは、そのせいだと思うんですよ。政治部の記者をいましめるようなものを書いてくれませんか」

といわれた。

実は政治部の記事には、腹にすえかねていることがあった。他でもない。「解散の先送り」という書き方、言い方である。

これは、日本語として正しいとはいえない。なぜなら、

「麻生首相は十月二十八日に解散する」

と断定的に報じたのは朝日新聞である。

しかし、首相がそういったわけではない。政治部の記者たちがそう思いこんだだけで、要する

に、読みがはずれたわけだ。

それなのに「先送り」と、首相に責任があるような書き方をする。卑怯ではないか。

とはいえ、朝日新聞政治部がミスを認めるのは、メンツもあろうから辛いだろう。「先送り」に代わる、うまい言い方はないものか。そんなことも考えていたから、編集長からの電話は渡りに舟だった。

その気になってバー通いの記事を読むと、この記事、デスクは目を通したのか。記事を受け取った整理部は読まずに載せたのか。紙面をチェックする紙面委員は、どこを見ているのか、と思うようなものが目につく。

中には、

「君らはチビっ子記者か」

といいたくなるものがある。

「週刊朝日」（二〇〇八年十一月二十一日号）には、元朝日新聞編集委員の肩書きで次のように書いた（洋数字は漢数字にし、何カ所か改行した）。


十月二十七日夜八時すぎ、この原稿の取材で「ホテル・オークラ」にいくと、さして広くない本館のロビーに、三十人近い記者が集まっている。首相が「山里」で食事をしているので、待っているのだそうだ。

女性の姿も一人、二人あったが、あとは地味なスーツの男たちで、ロビーがざわざわしている。このクラスのホテルではあまり見なれない光景に、入ってきた客がギョッとしたような顔をして、足を止める。

やはり首相がしばしば訪れるホテルの支配人が、

「総理がおみえになると、追いかけて記者の方々が大挙していらっしゃる。他のお客さまのご迷惑になることがありますし、中にはクツを脱いで廊下に座る記者さんまでいて、実は困っているんですよ」

といっていたが、さもありなんと思った。

記者の一人に、

「ここのオーキッドバーには、入ったことがあるの？」

と聞くと、とんでもないという顔をして、首を振った。

やはり思っていた通りだった。

新聞やテレビは、それがどういうものなのか、ろくに調べずに、わからないまま遠巻きにして文句をいうクセがある。今回のように、有名なホテルのバーが話題になると、値段が高いものだと思い込んでいる。

しかも、主役は裕福な家に育ち、豪邸に住む首相である。庶民感情を振りかざして騒ぐには、絶好の題材なのだろう。見苦しい。

首を振った記者に、「オーキッドバー」で司馬遼太郎さんがお好きだった「シーバスリーガル12年」を飲んでも一杯千三百六十五円で、みどり夫人お気に入りの「アマレット」は千五十円だよというと、

「何だ、そんなに高くないんですね」

と驚いている。

余計なお世話かと思ったが、

「記者なら、こういうバーには慣れておくほうがいいよ」

といって別れた。

報道によると、首相のいくホテルは国賓クラスや内外の要人が利用するところばかりである。中には、有名な暴力団の組長が部屋にピストルの弾を置き忘れ、ホテルにそれを押さえられているために、絶対に悪さをしないホテルもある。そういうホテルのバーはガブガブ飲んで騒ぐような客はいないし、明朗会計だから安心して雰囲気を楽しむことができる。ちょっと気取ってみたいときにはぴったりの場所だ。

あれは二年前だったか、朝日新聞のジャーナリスト学校から新人記者研修の講師を頼まれ、終わってから記者を何人か「オーキッドバー」に連れていったことがある。

「ここのバーではな、司馬さんがそこに座って、俺はその向かいでな」

と思い出話をしていると、歌手の矢沢永吉がきて、カウンターに座った。

新人記者に、

「あそこに矢沢永吉がいるぞ」

と小声でいって目配せすると、一斉に振り向いて見ようとする。

「オイ、こういうところでは、そんなことをしちゃあいけない。トイレやタバコを買いにいくついでに、チラッと見て、目が合ったらニコッとするのが作法だ」

といったが、これはまだ学生のころ、石造りの「帝国ホテル」で先輩にいわれたことの一つだった。

格式の高いホテルのバーは、いってみれば子供を大人にする教育の場であり、大人が社交性を磨くところでもある。

そういう目で一連の新聞報道を読むと、書き方が乱暴で、あまりのひどさにため息が出た。例えば――

「首相の『夜の顔』に迫った」と書いた記事である（注朝日新聞）。

「迫った」は「追った」の方がいいし、「夜の顔」は一部上場企業に勤めるサラリーマンが夜はホストをしている、というようなときにとっておく方がいい。

同じ記事には、

「高級ホテル内の会員制バーなどを利用することが多く、なかなかシッポがつかめない」

ともあった。

「シッポがつかめない」では、浮気調査を頼まれた探偵の報告書ではないか。

記者は若者の新聞離れを嘆く前に、国語を勉強してもらいたい。

首相がホテルのバーにいくことを報ずる新聞やテレビに共通するのは、「はじめに結論ありき」という姿勢だ。結論とは、

「首相は贅沢で、庶民の感覚などわかるわけがない」

ということだ。

どの報道も似たり寄ったりになるのは、そのせいである。

別の記事（これも朝日）には、記者が帝国ホテルの会員制バーの年会費を聞き、「お答えできません」といわれて引き下がったくだりがあった。わからないときは、なんとかして調べるのが記者ではないか。

ちなみにこのバーは、入会金が五十万円、年会費が十二万円、会員になっておくと、水割りの水や氷のカネを払わなくてすむ。

そう教えてくれたのは会員になっている小学校時代の同級生の男で、彼には、

「だからさ、銀座のちょっとしたバーより安くあがるんだよ。辞めるときに入会金は返してくれるしな。大新聞の記者さんなら、知っといていいんじゃないの」

といわれたが、まったくその通り。

会員にならなくても、こういう知人、友人を持てばいいだけのことだ。

この記者は帝国ホテルで試しに飲んだ一杯二千三百十円の「ザ・マッカラン18年」は新宿のバーでは千六百円だった、とも書いた。

「それが何か?」と聞きたくなるが、この酒は今は亡き白洲次郎さんが愛したスコッチ。彼は親友のイギリスの貴族に頼み、名前の入った樽に詰めて送ってもらっていた。いうまでもなく、今の総理の父と母を結び付けた人である。この記事を読んだら、さて何といったか。

総理がどんなバーにいくかは、気にならない。気になることがあるとすれば、葉巻のくゆらせ方である。「育ちのいい野蛮人」といわれた白洲さんが見たら、

「オイ、それじゃあシカゴのギャングだ。吉田のじいさんのように吸えよ」

といいそうな気がするが。

※注「吉田のじいさん」とは麻生総理の祖父、吉田茂元首相のこと。葉巻と白足袋が有名だった。帝国ホテルの会員制バーは、現在、入会金を返さなくなった。

新聞文章は文章ではない

――2010・3

たいていの新聞記者は「自分は文章のプロだ」と思っている。しかしこれは錯覚である。毎日のように記事を書いているとそんな気になるのはやむをえない、といえばいえる。しかし記事と文章は違う。

昔、というのは朝日新聞社が有楽町にあったころだが、記事と文章の違いをはっきり教えてくれたのは作家の大岡昇平さんである。『俘虜記《ふりょき》』や『レイテ戦記』の作家は、社会部の文章論好きの間では神様に近い存在だった。そういう作家に、

「新聞文章なんて文章じゃないよ。ただの報告文だよ」

といわれたのは社会部のI先輩で、文章論をするときの中心的な存在だった。

先輩が、「大岡さんに『文章じゃねえ』っていわれちゃったよ」といって帰ってきたときは、冷水を浴びせられたような気がした。

しかし、記者の書くものが全てそうだということでもないらしい。たとえば門田勲《かどたいさお》・大先輩の書いたものは文章になっているというので、大先輩の書いたものを研究した。

一九八四年に亡くなった門田さんは『新聞記者』や『外国拝見』など、著書が数多くあり、学生時代から憧れた記者の一人だった。

そのまま社会部にいたら文章と記事の違いを自覚することができたかどうか、わからない。しかし「週刊朝日」に異動になったおかげで多くの作家の知遇を得、筆一本のプロの文章家とはどういうものか、知ることができた。中でも小説家の丸谷才一《まるやさいいち》さんから直接、教えを受けられたことが大きかった。

丸谷才一という名前は入社四年目、福岡にいたときに朝日の紙面で知り、愛読者になっていたが、お会いするようになったのは「週刊朝日」の書評ページを担当するようになってからだ。それからこち三十五年になるが、お会いするたび、文章を書く心構えから文章を磨くためにはどうするのがいいか、多くのことを教わった。その一つが、

「頭の中で書いてから原稿用紙に向かいなさい」

ということだが、最も衝撃的だったのは、

「新聞記者の書くもののどこがいけないかといえば、一升しか入らない枡に一升五合も二升も入れることです。だから、書いた本人にしかわからないものになるんです」

といわれたことである。

ではどうすればいいか。

「枡が一升だったら、八合入れればいいんです。残りの二合は、読者が補う。それがいい文章と

いうものです」

よくわかるたとえだった。

どの新聞にも、ニュースになった人物を八百字前後で紹介する欄がある。記者は、本人はもちろん家族や親しい人にも話を聞き、その人物にまつわるエピソードを集める。

記者は、僕も経験があるが集めたエピソードを全部、書きたくなる。しかしそうすると八百字では足りない。仮にエピソードが五つあれば、五つのエピソードから虫が食ったように少しずつ削って八百字に収めようとする。一升枡に一升五合とは、そういうことである。その結果、読む気になれないものや、読んでもわからない記事ができる。

こういうときはエピソードを一つか二つ、思い切って捨てる。そうすれば一つ一つのエピソードを、わかりやすく書くことができる。丁寧に言葉を選べば、読者は行間を読み、残りの二合を補ってくれる。僕はそのように理解し、実際にそうしてきた。

新聞を定期購読していても、ラジオ・テレビ欄を見るだけで、記事は読まないという人が少なくない。新聞記者がみんな「一升枡には八合」と自分にいい聞かせて書くようになれば、紙面は見るからに親しみやすくなり、読む人が増えるのではなかろうか。

編集長になって、作家の海老沢泰久さんに、前の週の号でどの記事が面白かったか、採点してもらう「通信簿」というページを作ることにした。すると編集部の記者ほとんど全員が反対した。急先鋒が東大を出た、政治部からきている記者だったが、彼の主張は、

「取材の苦労を知らない作家が、書き方だけを見てあれこれいうのはおかしい」

というものだった。

文章を表現と中身に分けるという考え方に耳を疑った。文章をその程度にしか理解していない者が朝日の記者になっているとは、思ってもみなかったからだ。

そこで表現と内容は一体で、分けられないことを説明し、そのうえで、

「雑誌は毎週、君らの取材の苦労話を吹き込んだテープを付けて売っているんじゃないんだよ。読者は、君がどれだけ取材に苦労をしたかも含めて、君が書いたものでしか判断できないんだ。そうだろう。それに、作家が取材もせずに想像だけで書いている人たちだと思ったら、大間違いだよ」

といわなければならなかった。

しかし、表現と内容は別だと思っている記者は彼だけではない。いや、そう思っている記者の方が、数は多いかもしれない。それでもある年齢がくるとデスクになり、後輩の原稿に朱を入れるのだから、記事の質が落ちるわけである。

編集委員や論説委員にもなるし、大学教授になる者もいる。さらに定年後はカルチャーセンターの文章講座の講師になり、「文章の基本は起承転結です」などと教える。プロの文章家でこんなことをいう人には、会ったことがない。記事にはいくつか決まった形式があるが、文章にはそういうものはない。そう思って間違いはない。

国語学者の大野晋さんには、言葉の厳密な意味と使い方を教わることが多かったが、

「助詞の『も』と『が』には、気を付けた方がいいよ」

といわれたことは、書くときはもちろん、話すときも拳拳服膺《けんけんふくよう》している。

副助詞の「も」は、「……とする説もある」とか、「……という人もいる」とか、新聞記者がよく使う。若いころは深く考えもせずに多用していた覚えがある。しかし大野さんの教えを受けるうち、「見方がある」と書かずに「もある」とするのは、「が」と書く勇気のない場合であることに気が付いた。無意識のうちに腰が引けていたことに気が付いてからは「も」にするか、それとも覚悟を決めて「が」と書くか、考えるようになった。

気を付けなければいけない「が」というのは接続詞の「が」で、使うときは順接か逆接か、だれが読んでもわかるようにしなさいということだった。この他、格助詞「から」と「ので」、助動詞「ようだ」と「らしい」、動詞の「思う」と「感じる」など、曖昧だった意味の違いが、大野さんのおかげではっきりわかるようになった。

あれは亡くなる一、二年前だから八十五歳をすぎておられたと思う。真顔で、

「僕もこのごろ、いいたいことだけをきちっとわかってもらえる文章が、やっと書けるようになったよ」

といわれた。

大野さん程の人が何をいうのだろうと思い、いくつか質問をした。それで理解することができた。

それは——文章を絵にたとえると、それまでは虎を描いたのに、見た人の中にどうかすると「猫ではないか」と思う人がいた。ところが最近は、だれがどこから見ても虎にしか見えないものが描けるようになった——ということだった。

Ⅱ　神様たちの時代

ブルーミング・スマイル　――2005・1

アメリカのプロ・スポーツを入場券の安い順に並べると、一番安いのが野球で、次にアメリカン・フットボールとアイス・ホッケーがきて、一番高いのはNBA、プロ・バスケットボールだそうである。

同じバスケットボールの試合でも、ニューヨークで地元のチームの試合があると、相撲でいえば砂かぶりのような席は、千ドルを超えることがあるというからすごい。それがまた飛ぶように売れるというのだから、お金というのは、あるところにはあるものだ。

江戸の狂歌に、

世の中に　金と女は仇《かたき》なり
どうか仇に　めぐり会いたい

というのがあるが、昔の人はうまいことをいったものである。

アメリカのプロ・バスケットボールに昔、好きな選手が一人いた。

「ロサンゼルス・レイカーズ」のマジック・ジョンソンという黒人の選手である。

彼は、右の選手を見ながら左手の選手に素早くパスを出すのがうまかったところから、「マジック」の名が付いたらしい。

記録だけを見ればマイケル・ジョーダンの方がずっと上だが、マジック・ジョンソンは笑顔の魅力が群を抜いていた。

バルセロナのオリンピックにアメリカがプロ・バスケットボールのスター選手ばかりで「ドリーム・チーム」を編成したとき、キャプテンを務めたのがマジック・ジョンソンである。人柄もよかったのだろう。

見事に金メダルを獲得して表彰台の真ん中に立ったとき、アメリカ国旗を染めた大きなバス・タオルを手に、右腕を大きく突き上げたマジックの笑顔は、思い出しただけでも幸せな気分になる。

そのマジックが日本にきてエキジビション・ゲームをするというので、東京体育館に見にいった。

エキジビション・ゲームだったが、マジック・ジョンソンの「マジック」たる所以《ゆえん》のパスを何回も見ることができて、大いに楽しかった。

しかし何といっても印象的だったのは、試合が終わってバスケット・コートから引き揚げていくマジック・ジョンソンの笑顔である。

無理をして大枚をはたいて、コートのすぐ脇の席を買ったおかげで、二、三メートルの距離で彼を見ることができた。

彼は満員のスタンドに手を振り、ゆったりと、しかし黒人特有のリズミカルなステップを踏みながらこちらに近づいてきた。

全員がスタンディング・オベーションである。

するとマジックは、両方の手の人指し指をこちらに向け、二丁拳銃を射つような仕草をして、片目をつぶった。

何ともカッコよくて、もうそれだけで大満足なのに、続けて彼は、ニッコリ笑った。

「ニッコリ」と書くと、ごく短い時間の笑顔を想像されるかもしれない。が、そうではない。たとえていえば、大輪の花が、スローモーション・フィルムを見るように、蕾をゆっくりとほどいてゆき、そして一気に開く……そんな感じがした。

身も心も、暖かく柔らかく包まれたような気がして、それからしばらくの間、笑顔を思い出しては幸福な余韻にひたることができた。

そのころ、「天声人語」の筆者は、亡くなった白井健策《しらいけんさく》さんだった。

白井さんは、ヨーロッパやアメリカの特派員を長くされた人で、海外の面白い話をよくしてくれた。マジック・ジョンソンの笑顔の話をすると、

「そういう笑顔を英語で『ブルーミング・スマイル』というんですよ」

と教えてくれた。

ブルームを辞書でひくと、まさに「花開く」とある。

何だ、オレが感じたことと同じではないかと思うと、嬉しさを通りこして、誇らしい気がした。

マジック・ジョンソンの自伝を読むと、彼の「ブルーミング・スマイル」は、母親譲りであるらしい。

いつだったか、『竜馬がゆく』や『翔ぶが如く』の著者にこの話をして、

「西郷隆盛や坂本龍馬は、会った人がみんな、たちまちファンになるようですが、二人とも大変に魅力的な笑顔の持ち主だったのではないでしょうか」

と聞いたことがある。

そんなことを聞く気になったのは、常々僕が憧れる人はみな、笑顔が素晴らしいからである。

たとえば、「帝国ホテル」の社長を長くされた犬丸一郎《いぬまるいちろう》さんである。

犬丸さんとは、一線を離れてからもしばしばお会いすることがあり、待ち合わせる場所は「帝国ホテル」のロビーだが、目が合ったときの笑顔を見るたびに、

「ホスピタリティーとは、まずこういう笑顔に始まるのではなかろうか」

と思う。

しかも笑顔と合わせて厳しいプロの目をお持ちだ。

「サーヴィス業は心配りというけど、ホテル・マンは心配りの前に、目配りなんだよ。といって

キョロキョロはいけませんよ、さり気なくね」

といわれたことがある。

なるほどいわれてみれば、その通りである。レストランでもバーでも、ボーイやウエーターは心配りの前に、客の目やテーブルの上や皿、グラスにたえず目を配っておくのが、プロというものだろう。

犬丸さんのときおり漏らすひとことを書きとめておけば、サーヴィス業に従事する人間に役立つ、格言付きの日めくりカレンダーができそうである。

こういう先輩を間近に見ていると、西郷隆盛や坂本龍馬も爽やかな笑顔と同時に、きびしく人を見抜く眼力があったに違いないと考えて、司馬さんにうかがってみたのである。

すると西郷隆盛については、

「西郷は、絵も写真も残っておらんやろ。笑顔がどんなやったか、想像がつかんな」

といわれた。

坂本龍馬については、こういわれた。

「竜馬は写真が残っているから、君も見たことがあるやろ。けどあの時代、写真に写ろ思たら、撮られる方は、えらい長い時間じっとしとかなあかんねん。そやから竜馬の顔も睨みつけているやろ。ブルーミング・スマイルの持ち主かどうかは、証拠がないからわからんな」

たしかに、写真の龍馬は口を真一文字に固く結んでいる。しかしどうも納得がいかない。家に帰って、『竜馬がゆく』を読み直してみた。

龍馬が京都・河原町四条の醤油屋「近江屋」で殺されたのは、慶応三年の十一月十五日である。ちなみにこの日は、彼が生まれた日でもあった。

龍馬は、相手の刀をいったんは刀の鞘《さや》で受け止めたものの、頭と背中を斬られ、即死した。一緒にいた中岡慎太郎は、斬られて二日後に息を引きとった。

息を引きとる寸前、中岡慎太郎の脳裡に浮かんだ龍馬の笑顔を、作家はかなりな文字数を使って描写している。

名文なので要約は憚られる。

ひとことでいえば、龍馬はまれに見る魅力的な笑顔の持ち主だった、ということである。ブルーミング・スマイルといって、さしつかえない。

作者も同じように考えていたんだと思うと、「バンザイ」を叫びたかった。

それ以来、朝、ヒゲを剃り終わると鏡に向かって、ブルーミング・スマイルの練習を続けている。どうも、うまくいかない。娘には、

「気持ち悪いから、やめてよ」

といわれている。

※注　坂本龍馬を「竜馬」と書くのは司馬さんだけです。

母の日に

——2005・5

東京の下町に育った母方の祖母は、小気味のいい話し方をする人だった。今でも僕が、

「真っすぐ」を、

「真っつぐ」

といったり、

「見つける」を、

「めっける」

といったりしてちょっと得意になるのは、祖母の影響というより、祖母の真似である。

タクシーに乗ったとき、運転手さんに、

「そこを真っつぐ」

というと、中には、

「お客さん、東京の方ですね。うちでも、おばあちゃんがいってましたよ」

という運転手さんがいる。

それがきっかけで話が弾み、渋滞もまた楽しからずやということがある。

小学校も低学年のころだった。

戦後も間もないころだから、夜は暗く、お化けや人さらいはいると、半分は信じていた。

祖母に、「おばあちゃん、天罰って本当にあるの?」と聞いたことがある。

祖母は、まことに明快だった。こういったのである。

「そんなもの、ありはしないよ。もしあればね、二郎、お前が一番に当たっているよ」

学校で「暖簾《のれん》に腕押し」「糠《ぬか》に釘」という諺《ことわざ》を教わり、家に帰って諺の意味を知っているか、祖母をテストした。

このときも、答えは明快だった。

「それはね、二郎。お前に『勉強しなさい』っていうことだよ」

チェッ、おばあちゃんなんか、テストしなければよかった、と思ったものだ。

母は祖母ほど辛辣ではなかったが、子供のころを思い出すと、毎日毎日、叱られてばかりいたような気がする。

あまりうるさくいうので、「オレ、産んでくれなんて、頼んだことはないよ」と、憎まれ口をきいたこともある。

高校二年のときだった。体がだるくてたまらない。食欲もない。

母に連れられて、子供のときからかかっている医者のところにいった。昔は軍医だった人で、うちのホームドクターのような存在だった。

「自律神経失調症」

と診断され、

「少しのんびりするといいでしょう」

といわれた。

いまでこそ珍しくもない病名だが、四十年以上も前のことである。何か特殊な、上等な病気のような気がして、得意とはいわないまでも、まんざら悪い気はしなかった。

「先生、原因は何でございましょう」

と、母は思いつめたような顔をして聞いた。

医者が、「勉強のしすぎでしょう」というと、母はさらに思いつめたような顔で、

「先生、この子にかぎって、そういうことはありません」

といった。

そのときの医者の困った顔といったらなかった。

母のいったことは全く正しいのだが、「この子にかぎって」は、あんまりではないかと思ったことだった。

母のありがたさがしみじみわかったのは、朝日の記者になり、配属先の九州で独り暮らしをするようになってからだ。

それまで、「お母さん、ただいま。腹、減った。何かなあい」といえば、いつでも何とかなった。

自分では、リンゴの皮ひとつむいたことがない。いまと違って、コンビニはない。毎日、三度三度、外食である。夜半に腹が空いたときは、本当に困った。

正月休みは、もっと困った。

日本経済新聞の支局長が同情して、

「おれのところにこい」

といってくれたおかげで、生きながらえることができたが、おふくろというのは本当にありがたいものだと、このときほど強く思ったことはない。

息子は概して「マザコン」といわれるが、母の恩のイの一番にくるのは、空きっ腹を満たしてくれたことではなかろうか。

要するに、母に餌づけをされていたようなものである。

母親のイメージというと、白い割烹着《かっぽうぎ》なのは、そのことを象徴しているのではなかろうか。

ありがた味がわかってからは、「母の日」には電話をすることにした。

電話でどんな話をしたのか、覚えていないが、どうせ大したことは話さなかったろう。

転勤で東京にもどってからは、花束にカードを付けて持っていったこともある。このときは、こちらが照れくさくなるくらい喜んでいた。

母は父とは年がひと回りよりもっと下で、何を決めるのも自分独りではできなかった。その父が何度か入退院を繰り返した挙げ句、一九七五年に八十三歳で死んだ。父は晩年、糖尿病もあったから、厳しい食事制限を受けていた。食べたいものも食べられず、イライラすることがあったのだろう。母に当たることが多く、母は母で我慢をすることもあったはずだ。

しかし父が息を引きとった瞬間、母は、

「くやしいけど私、お父さんのいいところしか覚えていないのよ」

といった。

「いいところ」はともかく、「くやしいけど」とは、どういうことなのか。咄嗟《とっさ》に思ったが、聞きそびれた。というより、ごく単純に、「おふくろ、いいことをいうな」と思った。

父が亡くなって半年ばかり、母は後を追って死んでしまうのではないか、と心配になるくらいやつれた。

ところが、その時期が過ぎると、見る見る元気になった。何か、ふっきれたのかもしれない。俳句のお仲間との旅行にはせっせと参加するし、兄や妹の一家が海外に遊びにいくときは、必ず一緒だった。

極めて活発、活動的になった。心配して損をしたような気さえした。

八十を出ると足腰が弱くなったのか、家にいることが多くなった。

「週刊朝日」編集長になったのはそのころだが、たまに電話をすると、

「週刊誌で人の恨みを買うようなことはないのか」

と、そんなことばかり口にする。

息子は勝手なもので、母親にはいくつになってもきれいでいてもらいたいと思う。老いさらばえていく姿を見るのが、辛くなる。

「たまには顔を出さなければな」と思いながら、ついつい仕事の忙しさを口実に、足が遠のく。

八十八歳になるとき、米寿を祝って母の句集を編んだ。罪滅ぼしである。

何千という句の中から八十八句を選び、句集の題はカミさんの発案で『夢に似て』にした。

「風花やあとかたもなき夢に似て」という句からとった言葉である。

句集に採った中に、こういうのがある。

母の日や何待つとなく髪梳《す》きて

我が母ながらいい句である。

句集は九十歳で母が亡くなったとき、棺に入れた。

実況と絶叫 ——2005・7

先日、朝日新聞の投書欄に、名アナウンサーとして知られた小川宏さんの投稿が載っていた。

小川さんは穏やかな語り口でNHKで一時代を築いた後、フジテレビでも活躍された。

投書は話し方と同じように端正な文章で、趣旨は、

「最近のテレビのアナウンサー、ことにスポーツ中継のアナウンサーは、画面を見ていればだれでもわかることまでしゃべる。うるさすぎないか」

というものだった。

小川さんはその中で、ラジオの時代の大先輩、志村正順《しむらせいじゅん》さんの逸話を紹介していた。

プロ野球の試合で、ピッチャーがバッターを敬遠したとき、中継していた志村正順さんはひとこともしゃべらず、ピッチャーの投じたボールがキャッチャーのミットにおさまる音だけを聞かせた、というのである。

志村正順さんのプロ野球中継は、子供のころによく聴いていた。「何と申しましょうか」の名調子で有名な解説者、小西得郎《こにしとくろう》さんとのコンビは、今でも耳に残っている。

たとえば九回裏二死満塁、一打逆転の場面になる。

ラジオにしがみつく僕らの頼みは、アナウンサーの言葉だけである。志村さんのひとことひとことから情景が浮かび、息苦しくなるような緊迫感が伝わってくる。あたかもスタンドで見ているような気がして、ハラハラドキドキ手に汗を握る。

そして試合が終わり、小西得郎さんの「何と申しましょうか」を聴いて、僕らはホッとするのである。

今から考えると、志村正順さんは、言葉で宙に絵を描くことができたのだろう。

その時代を知る者にとって、小川宏さんの、

「最近のテレビのスポーツ・アナは叫びすぎる」

という指摘は、思わず膝を叩きたくなるものだった。

いうまでもなくテレビはラジオと違って画面があるのだから、テレビ中継のアナウンサーは、ラジオのときよりしゃべる量が少なくていいはずである。

ところが彼らは、そう考えないようだ。

その結果、画面に映っていることまでしゃべる。落ち着いて淡々と語るなら、まだ我慢もできる。しかし、淡々どころか、絶叫する。

典型的な例が、フジテレビのＦ１中継である。

マシンがクラッシュしようものなら、大変だ。

マシンがスピンをし、クルクル回りながら壁に激突する。引きちぎられた車体が、破片となって飛び散る。タイヤが転がっていく。……そうした様子が、画面いっぱいに映る。

クラッシュのすさまじさは、画面を見ていれば、十分すぎるほどわかる。

しかし中継のアナウンサーは、そう考えない。画面に映っていることを、細大漏らさず、ここを先途《せんど》と叫び、喚《わめ》く。

その声がまた、すさまじい。

人間、震度六の直下型地震に襲われたら、こんな声を発するのではないか。そんな感じの声なのだ。正気の沙汰とは思えない。

しかしスポーツ中継では、叫んだり喚いたりすることが、どうやら一種のはやりらしい。サッカーでは、どの放送局のだれが一番長く、

「ゴォール」

と声を張り上げていられるか、競い合っているのではないかと思うことがある。

より大きな声で、より多くのことを叫び、喚く。それはケバケバしいネオンの店の隣にできた店が、さらにケバケバしいネオンをつけて、より目立とうとする街の風景に似ている。

隣がケバケバしく、ドクドクしければ、こちらはひかえ目にする。見る方からすれば、その方がコントラストがはっきりして、どちらも目立つのにと思うのだが、そういう考え方はしないようだ。

その結果、街は醜悪になり、テレビのスポーツ中継は騒々しいことになる。

以前、「12チャンネル」の野球のアナウンサーの中に、ホームランが出ると声を絞り出すようにして、

「ホォムラン」

という人がいた。

正確にいえば、絞り出すというような、生やさしいものではなかった。後ろにだれかいて、ネクタイか何かで首を締められているのではないか、と思うような声だった。つられて、こちらも息苦しくなったり、咳き込みそうになったりして、困った。

番組の形式が変わったせいか、定年になったのか、最近は出てこない。やれやれである。

スポーツ番組で気になるのは、アナウンサーが叫んだり喚いたりすることのほかに、余計なおまけをつけることである。

夏になると、プロ野球の中継に浴衣の女の子が出てくる。どの子も可愛いのだが、どう見ても、野球が好きなわけではなさそうだし、野球に詳しいようでもない。

可愛い浴衣の女の子が見たければ、花火大会か盆踊り大会にいく。刺激の強い浴衣姿が見たければ、雑誌のグラビアがある。

女の子が試合の合間にちょこっと顔を出して、

「清原選手にはがん張って、ホームランを打ってほしいです」

なんていうのを、だれが喜ぶと思っているのだろう。

プロ野球中継にこういう類のおまけや飾りを付けるのは、どういう計算、考えからなのか。テレビのプロデューサーに、かねがね聞きたいと思っていることの一つだ。

若い女性を画面に出しておけば視聴率を稼げると、単純に思っているのだろうか。もしそうだとすれば、これほど視聴者をバカにした話はないだろう。

テレビで野球中継を見る方からすると、「最大延長九時二十四分まで」（新聞のテレビ欄には、たいていこう書いてある）などといわず、試合は途中で打ち切らずに、終了まで見せてくれる方が、ずっとありがたい。

女子のバレーボールでは、イケメンの若い男のタレントを動員して大会を盛り上げる手がよく使われる。こうすると、確かに若い女の子の観客動員にはつながるようだ。

しかしよくよく聞いてみると、それは一瞬のことで、ファンの定着にはつながらないらしい。女子バレーが好きでマメに試合を見にいく知り合いの話では、ふだんの試合は観客がパラパラで、テレビ局はテレビ・カメラに写るところに観客をまとめて座らせるようにするそうだ。こうすれば、テレビで見るかぎり、スタンドは満席というわけである。

しかし、こうやってブツブツ文句をいいながら、プロ野球中継が始まればチャンネルを合わせるのだから、世話はない。

今シーズンはパ・リーグに「楽天」という新しいチームが誕生し、セ・パの交流試合という楽しみができた。

「プロ野球改革元年」というらしいが、古いプロ野球ファンとしては、スタンドのトランペットや太鼓を禁止してもらえると、もっとうれしかった。あの騒音を考えると、球場に足を運ぶ気がしなくなるからだ。

それに、延長十二回で引き分けというのも、気に入らない。観客の帰りの足などは、考える必要がない。余計なお世話である。

延長戦にケリがつくときは、サヨナラ・ゲームが典型だが、ドラマティックなものである。その楽しみを奪う引き分けは、どうにも理解に苦しむ。

野茂を筆頭にイチロー、松井、井口……と、大リーグで通用する選手たちが次々と出てきた。テレビの野球中継でも、かつての志村正順さんのような、「この人の中継なら聴きたい」と思うアナウンサーが現れてもよさそうなものである。

ジーコのためにも惜しむ

——2006・9

長い間、

「サッカーの神様」

といえば、ブラジルのペレだと思っていた。

同じブラジルの生んだ英雄にアイルトン・セナがいる。「F1の貴公子」といわれていたが、イタリアのモンツァ・サーキットを走行中に壁に激突して死んだ。モータースポーツの好きな人なら、だれでも知っていることである。

セナが死んだとき、ブラジルは大統領専用機を彼の棺を迎えに飛ばした。

ところがブラジルは、ペレが記念すべき千得点目を記録したとき、彼のために大統領専用機を飛ばした。

死んで大統領専用機に乗ったセナ。生きているときに乗ったペレ。ほとんど意味のない比較だといってしまえばそれまでだが、どちらが「国民的英雄か」といえば、ペレだろう。

あるとき、ペレがブエノスアイレス発サンパウロ経由リオデジャネイロ行きのヴァリグ航空に乗った。

ペレはその日、リオデジャネイロに大切な用事があった。できることならサンパウロに寄らずにリオに直行してもらいたいと思っていたらしい。

詳しいことはわからないが、「ペレが急いでいる」という話が機長の耳に入った。

ブエノスアイレスを離陸してしばらくすると、機内に機長の次のようなアナウンスが流れた。

「この機にはペレが乗っています。彼は一刻も早くリオに行かなければなりません。当機は彼のために飛行経路を変更し、まずリオに向かうことにしました。皆さん、御了解ください」

かくてペレはリオの約束に間に合うことができたのだが、このとき、乗客も乗員もだれ一人、突然の飛行経路変更に文句をいわなかったそうである。

いろいろな話を総合すると、ペレという人は、ブラジルにおいてはほとんど「治外法権」の存在といってもよいようだ。

僕はそういうペレの足を触わり、サッカーの神様の足の手触わりがどういうものか、記事にしたことがある。日付は忘れたが日本にプロ・サッカーのJリーグが誕生した翌年だから、一九九四年のことである。

記事は、朝日新聞夕刊の一面左肩に、大きく載った。写真には、ペレが「しようがない奴だなあ」という顔をしてズボンをたくし上げているところと、その足を触わっている僕の両手首から先が写っている。

新聞が出た翌々日だったか、六本木のイタリア人実業家の億ションで、ペレを囲んでパーティーをするので来ないかといわれていった。

来ていたのはブラジルをはじめサッカーの盛んなイタリア、フランス、スペインの大使館員がほとんどで、話し相手になってもらえそうなのは、高円宮殿下と妃殿下くらいしかいなかった。殿下とは、独身でいらしたころから酒のお相手をしたことがある。御結婚されてからも、両殿下とはカミさんともども、行きつけのピアノ・バーに何回かご一緒した。

パーティーではポルトガル語にイタリア語にスペイン語にフランス語が飛び交い、カタコトの英語しかできない者にとって、両殿下は「不謹慎」だと叱られるのを承知でいえば、「地獄に仏」のようなものだった。

ペレのためにどこかの大使館員の夫人が焼いたケーキが運ばれてくると、ペレがそれを器用に皿に切り分けていく。すると、たぶんブラジル大使館の人だろう。持参のギターでサンバの名曲「ブラジル」を弾き始めた。

ペレは曲に合わせ、サンバのステップを踏みながら、笑顔で両手に皿を持って配って回った。まるで夢を見ているようだった。

部屋の隅に目をやると、「ヴェルディ」のラモス瑠偉《るい》が緊張した顔で立っていた。

全くの余談だが、僕の奥さんはつい最近まで闘争心むき出しの彼のことを、「モスラ瑠偉」

だと思っていた。

確かにヒゲもじゃの彼は一見、怪獣ふうだ。しかし常識で考えればわかりそうなものだが、いつだったか、「ウコンは体にいい」と聞いて買って帰ると、「あなた、私にこんなものを飲ませる気？」といって、険しい顔になった。

何のことはない。ラモスをモスラと間違えたように、「ウコン」の三文字の並び方を見間違えたのである。

さて、パーティーである。ラモス瑠偉に見とれていると、ペレが日本にきたときのマネージャー役をする知人が寄ってきて、

「ジーコも、こういうパーティーにはいつも来るんですけどね。よほど大事な用があるんでしょう。ラモスもそうだけど、ジーコはペレの前では直立不動なんですよ。ジーコも人格的にはペレに負けず劣らずいい男なんですけど、ペレは別格なんですね」

といった。

ここからが本論である。

日本のマスコミがジーコのことを、

「サッカーの神様」

といいだしたのは、一体、いつからだろう。

最初にいったのは、だれだろう。

ジーコ本人は、自分が日本で「神様」と呼ばれていることを知っていたのだろうか。

ご多分に洩れず、僕もワールド・カップは寝不足になるのを承知で見た。

大会の始まる前から、日本代表はオーストラリアにもクロアチアにも勝てないだろうと思っていた。

なぜかといえば、サッカーは獰猛《どうもう》な〝肉食獣〟が始めた格闘技である。

ところが日本代表の顔ぶれを見ると、そういう覚悟を感じさせる顔つきをした選手がほとんどいない。どちらかといえば、

「まあ乱暴はやめて、静かに話し合いましょうよ」

という顔ばかりである。

案の定、試合では整列したときから迫力で負けていた。日本代表のユニホームの色は「サムライ・ブルー」と呼ぶらしいが、とんでもない間違いである。あのメンバーの中に、「サムライ」と呼ぶにふさわしい選手が何人いたか。

日本代表のプレーをひとことでいえば、

「お嬢さんサッカー」

だった。

試合後、数少ないサムライの一人、中田《なかた》英寿《ひでとし》に、

「暑さの影響はなかったか」

と聞いた日本人の記者がいた。さすがは中田で、こんな愚問にも、「気候条件は相手にとっても同じです」と静かに答えていたが、内心、「日本のスポーツ・マスコミはこの程度か」と思ったのではなかろうか。

今回の代表チームからは、「ドーハの悲劇」で終わった三浦知良《みうらかずよし》をはじめとする面々と比べても、必死さが伝わってこなかった。

どこの世論調査だったか、半数以上の日本人が「日本代表が決勝リーグに進めるとは思っていない」と答えていたそうである。

スポーツ・マスコミにお願いしたいことがある。

日本からヨーロッパのチームにいった選手のことは、あるがままに伝えてもらいたいということである。メンバーに名前は連ねていても、ベンチにいるだけでは意味がないだろう。後半の残り何分もないところで、それもたまにピッチに出ていく選手については、なぜそういう扱いしか受けないのか、きちんと取材をして記事にしてもらいたい。

ヨーロッパのチームに移籍した日本人選手が、あたかも大活躍して頼りにされているように書くのは、読者をバカにしているとしか思えない。

テレビ局にもお願いがある。

ワールド・カップは国の名誉をかけて闘う、真剣勝負の場である。いくらサッカー通だからといって、お笑い芸人をキャスターやゲストにするのは、真剣勝負の男たちに失礼というものだろう。

ジーコの大会後の発言を聞いていると、彼は全く責任を感じていないようだ。

彼に日本代表チームをまかせた川淵三郎・チェアマンも、他人事のようなことをいっている。

そういう存在に猛省を求めるのはスポーツ・マスコミの任務だと思うが、その前にまず、サッカー記者に猛省をしてもらいたい。

チェアマンも監督も記者も、まずは名を惜しむものではないか。

「F1――地上の夢」の跡
――2006・11

あれは「週刊朝日」の副編集長だった一九八五年の秋口のことである。

作家の海老沢泰久さんが「ちょっと話が」と、来社された。朝日新聞社出版局の、僕もよく知っている担当編集者のK君が一緒である。

後の直木賞作家は三十代半ばで、いつものように青い「ニューヨーク・ヤンキース」のスタジアム・ジャンパー、通称「スタジャン」を着ていた。

そのころ海老沢さんは、どこにいくのにもスタジャンだった。

ある晩、編集者と銀座のバーで待ち合わせた。早めに家を出たので約束の時間より早く銀座に着き、時間つぶしにパチンコ屋に入った。玉をタバコに替え、茶色の紙袋に入れてもらって約束のバーにいった。

悪いことに、そのバーは海老沢さんがはじめていく店だった。

ドアを開けると、いきなりママに、

「業者の人は裏に回って」

といわれた。

海老沢さんはぶっきら棒で、決して愛想のいい人ではない。しかし、バーに出入りの業者と間違えられて怒るような人ではない。逆に、面白がるような人である。

この話も、嬉しそうに話してくれたものだ。

ところで海老沢さんの「ちょっと話が」の話である。
三、四日前、海老沢さんは編集者のK君と、ホンダの催しに招かれて三重県の「鈴鹿サーキット」に出かけた。そこで、ホンダのF1チームを率いるホンダの幹部に会った。
「それでね」

と、海老沢さんはいった。

「その人は川本信彦さんていう人なんだけど、話していると、とにかく面白いんだ。何か、書けそうなんですよ」

その脇で、K君がニコニコしながら黙って聞いている。きっと、鈴鹿から東京に帰ってくる新幹線の中で、作家と編集者は川本信彦さんの話で盛り上がったに違いない。

といって、作家は多弁な人ではない。

K君はそんなことは百も承知だ。海老沢さんの血が騒ぎ、頭が回転し始めたことを察知したのである。だからコーヒーを飲みにきたのだ。

短い話を聞き終えて僕は、

「海老沢さん、それ、ぜひ『週刊朝日』に連載をしてくださいよ」

といった。

それは一九八五年の秋だが、それから二、三年して作家と銀座にいった折、

「川村さんはあのとき、三十秒くらい考えて僕に書くようにいったんですけど、覚えてますか」

といわれて、恐縮した。

「三十秒考えた」というのは、ほとんど何も考えなかったということと同義ではないか。

実をいうと、三十秒の間に次のことを考えた。頭に浮かんだ、というべきかもしれない。

僕は子供のころから、兄の影響でクルマが大好きだった。自動車レースに憧れ、レーシング・ドライバーになりたいと思った時期もある。

大人になって本田宗一郎さんを知り、たちまちファンになった。本田さんの創った会社がモータースポーツの最高峰、F1（フォーミュラ・ワン）に挑んでいることは承知しているが、もしその様子を海老沢さんが取材をし、あの明析な文章にしてくれるというなら、こんな嬉しいことはない。一日も早く読みたい。

しかも海老沢さんはすでにその気になっている。善は急げだ。

文字にすると長いが、ほとんど条件反射のようなものである。

ともあれ、こうして「ホンダ・レーシング・チームの二十年」と副題のついた「F1――地上の夢」の連載は、一九八六年春、F1グランプリ第一戦に合わせて「週刊朝日」で始まった。

Ｆ１の'86年シーズンのレースを同時進行で追いながら、ホンダの本田宗一郎さん以下、エンジンや車体の技術者の苦闘――それは「徹夜と喧嘩の連続であった」という一行に集約され、そしてこの一行はしばしば登場し、読む者の胸を熱くさせた――さらにレーシング・ドライバーやピット・クルーをなだめすかしながら勝利をめざす監督の奮闘を活写していく。

海老沢さんにしか書けないものである。

作家は必ず締切を守る人だったから、仕事は楽なものだった。

電話をもらってお宅にうかがうと、二、三回分の原稿ができている。挨拶もそこそこに読む。インクは美しいモンブランのロイヤル・ブルー。力強い楷書である。

読んでいると、顔がほころんでくる。次はどうなるのかと、ドキドキする。目頭が熱くなることもある。

日本で最初にこういう体験をする。これ以上の役得はあるまい。

よくしたもので、「Ｆ１――地上の夢」の連載が始まると、一カ月もしないうちに「週刊朝日」の編集部に、

「これは本になりますか？」

と、読者から問い合わせの電話がくるようになった。

電話は毎日のように三、四件あった。話しているとその人が名のあるメーカーに勤めていて、読書家であることがわかる。

海老沢さんによって、あらためて言葉と文章の持つ力を思い知らされた気がした。上質な文章は、良質な読者の心をつかむのだろう。

運のよいことに、この年にホンダはF1のコンストラクターズ・チャンピオンになった。

ホンダがF1に挑んで約二十年、本田宗一郎さんの、

「オレはね、競争して負けたことがないの。だってオレ、勝つまでやるもん」

といっておられた目標が、達成されたのである。

それもシーズンの途中だ。何戦かレースを残して連載は続いていた。「週刊朝日」にはいやでも読者の注目が集まる。

この連載は好評のうちに終わり、朝日新聞社から単行本になってよく売れた。そして「新田次郎文学賞」をいただいた。

それにしても海老沢泰久さんは不思議な人である。

フジテレビがF1の中継で実況ならぬ絶叫を始めるのは連載の翌年の一九八七年だが、にわかにF1が大ブームになった。

特に鈴鹿サーキットを使う「F1日本グラン・プリ」のチケットは、東京ドームの巨人戦以上の価値が出た。幸いホンダに仲よしができて、ホンダに無理を聞いてもらえるようになっていた。

編集長を終わるまでの何年間か、

「動くチケット・セゾン」

となって、知人や友人のために毎年、三十枚近いチケットを融通してもらうことができた。

どこの出版社だったか、「F1 ——地上の夢」をマンガ（当時は劇画といったかもしれない）にしたいという申し出を受けた。原作料はそれなりの額を払うという。

悪い話ではないと思って伝えると、海老沢さんは、

「オレ、マンガなんかにしてもらわなくていいですよ」

と、ニベもなかった。

これは想像だが、「夢を金に替えるわけにはいかない」と考えたのだろう。

文学賞の賞金は、奥様と二人でイギリスに一年間暮らすことに使った。ふつうはこういうとき、どこかの雑誌にイギリス生活を連載でエッセイに書くものだが、そういう仕事は一切、受けなかった。理由を聞くと、

「そんなことをしたら、毎日がエッセイのネタ探しになっちゃって、楽しくないじゃない」

という答えだった。

しかし何といっても「不思議な作家」を通り越して、「奇跡の作家」といいたくなったのは、F1というエンジンもシャシーもハイテクの塊《かたまり》のような世界を取材して書くのに、クルマの運転免許を持っていなかったことである。クルマの構造も知らなかったのだ。

作家の口からはじめてそのことを知らされたのは文学賞をもらった後だった。

編集者のK君は前から知っていたようで、ニコニコして、「本当ですか?」と、何度も念を押す僕の顔を見ていた。

それ以来、海老沢さんをさらに尊敬するようになった。

しかし、この作家にも治してもらいたい癖があった。

海外のレースを取材して帰国すると、ホンダのF1監督と銀座に繰り出すのだが、カラオケは午前零時を回らないと歌わない。

食事をしてクラブを二軒回り、十一時半にカラオケ・バーに座る。しかし、零時を過ぎないかぎりマイクを握らない。

その代わり、握ったら最後、他の客が全員いなくなるまで、歌い続ける。

店を出るのは午前三時、四時である。これは疲れる。もし海老沢さんの文章に魅力がなければ、つき合うわけがない。やはり文章の力は、偉大である。

作家と銀座の飲み友だちのタレント、タモリさんは、

「海老沢泰久ぐらいわがままで生意気な奴はいない。あれで文章がうまくなかったら、ぶん殴るね」

といったが、気持ちはわかる。

直木賞作家・海老沢泰久さんを悼む

——2009・10〜2010・1

「命尽くして君すでに亡し」

湾岸戦争が始まった一九九〇年一月十七日夜、「週刊朝日」編集長として女房同伴のディナーに招かれ、目黒・青葉台の辻静雄さん（故人）のお宅にいた。

あらためて書くまでもないと思うが、辻さんは「辻調理師専門学校」を創立した人。食通で知られる小説家の丸谷才一さんが、

「われわれの歴史が持つ最高の料理教師」

と評した人である。

辻さんは、丸谷さんをはじめ食にうるさい作家、開高健《かいこうけん》さんなど、文人墨客《ぶんじんぼっかく》を主賓に迎えて専門学校の教授たちのつくる料理を楽しむ晩餐会を定期的に催していた。

その夜の主賓は、辻さんを主人公にした小説『美味礼讃』を書いた作家、海老沢泰久さん御夫妻だった。

海老沢さんには、「週刊朝日」に『F1 ——地上の夢』(新田次郎文学賞)のほか、たびたび書いてもらっている。女房ぐるみのおつき合いもいただいている。僕らは、そんな関係から招かれたのだった。

その夜の客は作家と親しい五組の夫婦だったが、その席で海老沢さんに、

「僕と僕の奥さんが國學院のときに習った先生です」

と紹介されたのが、岡野弘彦さん御夫妻だった。

昭和天皇の和歌の指南役をされた岡野さんにお目にかかるのははじめてだったが、どんな先生かは、海老沢さん御夫妻からしばしば聞かされていた。

岡野さんのゼミ合宿は「万葉の旅」というのが、毎年恒例になっていた。

それは日の出とともに宿を出て、道なき道をかき分けかき分け次の宿泊地まで、それこそ軍隊の行軍のようにひたすら歩く。それを一週間だったか十日だったか続ける。学生はへたばってしまうのに、岡野さんはケロリとしていたという。

学生運動が盛んだった時期には、わからず屋の過激な活動家を柔道で投げ飛ばし、屈伏させた話も聞いていた。

大学を卒業しても就職する気のない海老沢さんを、國學院大學「折口博士記念古代研究所」の助手に引き上げたのも、岡野さんだった。

しかし海老沢さんは、助手らしいことは何もしない。ときどき研究所にきても、ゴロゴロして

いる。教授会のたびに、

「助手なのに何もしない人間を置いておくことはない」

と、ヤリ玉にあがる。それを、

「いや、海老沢君はいずれものになる」

といって、かばい通したのが岡野さんだった。

それだけではない。食べる金もなくなると公団住まいの岡野さんのところに押しかけて、御馳走になる。帰りには、小遣いまで拝借したとも聞いた。

先生御夫妻のなれそめを教えてくれたのも海老沢さんだった。海老沢さんの言葉を借りるとこうなる。

「先生は伊勢の山奥のちっちゃな神社の出なんだけど、奥様は歴とした藩の家老の家柄なのよ。大学は慶應でね。世が世なら出合うこともなかったんだけど、学生時代に折口信夫の『源氏物語』の講読会で知り合って、先生がひと目惚れしたらしいんだ」

晩餐会では先生に紹介されるとわかって、大昔に読んだ『折口信夫の晩年』をあわてて読み返した。岡野さんの名著の誉れ高い一冊である。

海老沢さんから先生の歌集『滄浪歌《そうろうか》』と『海のまほろば』を拝借し、目を通した。

歌集を読んでいると、岡野さんの歌には、五七五七七のおしまいの「七七」に特徴がある気がした。背筋が伸びるといえばいいか、臍下丹田《せいかたんでん》に力が入るといえばいいのか、とにかく七七で身が引き締まる。

音楽にたとえれば、モーツァルトではなくベートーヴェンである。目で追うだけでなく、声に出してみると一層、はっきりする。海老沢さんに、

「もし歌の感想を聞かれたら、そんなことをいうつもりですけど、大丈夫ですかねえ?」

と聞くと、

「それでいいんじゃないの」

と、何とも素っ気ない。

結局、感想は聞かれずじまいだったので、ディナーの席で恥はかかなくてすんだ。

この夜がきっかけで岡野さんとお会いするようになったのだが、あるとき、

「僕は川村さん、桜の花を見ても美しいと思ったことがないのですよ」

といわれ、耳を疑った。

大昔から歌を詠む人は、桜は美しいと思っているものだと、信じて疑わなかったからである。

訳をお聞きすると、戦時中の体験を話された。

兵隊にとられ、軍用列車で茨城県の鉾田《ほこた》を移動中、空襲に遭い、直撃弾を受けた。戦友が大勢、死んだ。生き残った者は、線路の脇に穴を掘って戦友を埋めた。

「季節は春、桜が満開でした。スコップで穴を掘っておりますでしょう。風が吹くと、桜の花ビラが、血ノリのべっとりとついた軍服に張りつくのです。僕は桜というとそのときのことが目に

浮かぶので、桜を見ても美しいと思わないのです」

そのときのことを詠んだという歌を、色紙に書いていていただいた。

すさまじくひと木の桜吹雪くゆゑ
　身は冷えびえとなりて立ちをり

海老沢さんが短編集『帰郷』で平成六年上期の直木賞を取ったときのことである。東京會館で開かれた授賞式に、海老沢さんは羽織袴姿で登場し、

「この着物は岡野先生のお宅にいって、『先生、先生の一番いい羽織袴を貸して下さい。先生は二番目にいいのを着て、来て下さい』とお願いしてお借りしたものです」

と挨拶をし、会場をわかせた。

それからしばらくして、岡野さんのお祝いの会があった。喜寿を祝う集まりだったかもしれない。直木賞作家の海老沢さんは、うれしそうに受付の係をしていた。

岡野さんのホラ貝を聴いたのは、このときである。まるで絵物語に出てくる修験者《しゅげんじゃ》のようだったが、海老沢さんは、

「先生、まだあんなことやってらあ」

と、半ばあきれたような顔をしていた。

岡野さんといるときの海老沢さんは、夜の銀座にいるときとは別人のようだった。ぶっきら棒でもなければ、無愛想でもない。

まるで小学校一年生のときの担任の先生に久しぶりに会った悪童のように素直で、先生に甘えているようにさえ見えた。そう思っていたのは、おそらく僕だけではあるまい。

その海老沢泰久さんが八月十三日、五十九歳の若さで亡くなった。

弔辞は岡野さんが読まれた。式の間じゅう、海老沢さんが大好きだった井上陽水さんの歌が流れた。

岡野さんは挽歌を三首、朗詠した。許しをえたので左に記しておく。

魂《たま》まつる盆の夕べぞ男《を》ざかりの
　命尽くして君すでに亡し

われよりも早く逝きたる君を哭《な》く
　夜声の蟬の生き弱るまで

秋風の大和のむらを行きゆかば
　うら若き日の君に逢はむか

僕は八月二十八日号の「週刊朝日」に一頁、海老沢さんの追悼を書かせてもらった。文字数約千二百字である。

岡野さんの百字に足りない挽歌三首を前に、歌の持つ力をあらためて思い知らされ、うなだれている。負け惜しみになるが、「言霊《ことだま》の幸《さきわ》う国」に生まれた幸せを噛みしめている。

六百字の名文

海老沢泰久さん順子さん御夫妻と夫婦ぐるみでおつき合いをいただくようになって三、四年たったころだったか。カミさんが月刊の女性誌からエッセーを頼まれた。着物にまつわる話を原稿用紙五枚という注文だった。

カミさんは着物道楽だった僕の父から、若いころに買ってもらった着物の話を書くという。「源氏絵巻」とかいう名前の華やかな着物で、父の目に狂いはなく、よく似合った。しかし父が死んでからは、袖を通すことがなかった。

カミさんは食卓で、僕の書き損じの原稿用紙の裏に書き始めた。どうやら着物を狂言回しに仕立てて、「私は夫運は悪かったが、義理の両親には恵まれた」と、いつも友だちに話しているようなことを書くらしい。

僕はテレビがついていると、気が散って書けない。ところが、テレビをつけたまま書いている。「気が散るだろ。消すぞ」というと、「見ているんだから、消さないでよ」という。

書き始めて三日目の夜だった。「あなた、書けたから改行をしてよ」といって、原稿を持ってきた。なるほど、一カ所も改行なしにべったり書いてある。

子供のころから本好きだっただけあって、話の運び方はよくできているし、面白く書かれている。しかし、助詞の使い方や語順で気になるところが五、六カ所ある。気になったので、改行のついでに直した。

すると、「改行だけしてくれればいいのよ。余計なことはしないで」という。直した理由をどんなに説明しても、「そういうことをいってるから、新聞記者の文章は味も素っ気もなくなるのよ」といって、聞かない。「好きにしやがれ」と思いながら元に戻し、それが雑誌に載った。

活字になったものを何回か読み返した。しかし、どうにも納得がいかない。

話しても埒《らち》が明かないので、直木賞作家の判断を仰ぐことにし、カミさんと雑誌を持って海老沢邸にいった。

海老沢さんが目を通し終えたところで、朱を入れようとして撤回させられたことを説明し、「海老沢さん、僕が直したのは文法からいっても正しいでしょ?」と聞いた。

何といわれるか。作家の言葉を待った。順子さんは何やら楽しそうな顔で、僕らを見ていた。

作家は口を開くと、

「川村さんのいうことも一理あるけど、一カ所直すと、頭から全部、書き直さないとおかしくなると思うよ。これはこれで、いいんじゃない」

といった。

カミさんは「ほら、わたしのいった通りでしょ」といい、順子さんは声を立てて笑った。この場面、海老沢さんなら、

「川村二郎はこのとき、『クソ』と思った」

と書いたに違いない。

今から思うと、作家としては「もう活字になっているんだから、手遅れだよ」といいたかったのかもしれない。意に添わないことがあったり、腹が立ったときは、だれそれは「クソと思った」と書くのが海老沢流だった。

それはともかくとして、午前零時を回って海老沢邸を辞し、タクシーを拾おうと中原街道に向かっていると、カミさんが、「あなた、海老沢さんて、すごい方ね。だって原稿をお読みになってから、『これは大奥の匂いがする』とおっしゃったのよ」というので、「それがどうしたんだよ?」と聞くと、こういった。

「あれを書いていたとき、テレビで大奥ものをやってたの。どうしてわかったのかしら」

このことがあってから、彼女は海老沢さんのファンから、「信者」になった。

一九九八年、母の米寿を祝って句集を自費出版することになった。そのとき、母の作った四千

近い句の中から八十八句を選んだのはカミさんだが、選び終わると「序文は海老沢さんにお願いしましょうよ」といい出した。お願いにいくと、すぐ引き受けてくれた。

序文は原稿用紙一枚半でお願いした。

左にそれを記す。

序にかえて　　海老沢泰久

川村二郎さんは幸福である。

母親の米寿を祝って、母親の句集を出版できるというそのことがまず幸福だ。これは誰にでもできることではない。

そのためには母親が俳句をつくっていなければならない。母親が俳句をつくっていたために川村さんはその親孝行ができた。それも幸福なことだった。

だが何といっても幸福なのは、母親が俳句をつくっていたために、母親が川村さんをどのように思っているかを知ることができたことだ。

初鴨や相寄添ふて親子らし

母の日や何待つとなく髪梳きて

ぼくは自分の母親が書いた文字というのを見た記憶がない。尋常小学校は出ていたから文字が書けなかったはずはないが、およそ文字を書かない人だった。だから手紙も残っていない。ただぼくがちゃんと暮らしていけるかどうかだけを心配して、十四年前に死んでしまった。

おそらくぼくの母親も、生きていたときは、川村さんの母上のように、寄添う鴨を見れば子を思い出し、母の日には帰ってこない子を待って髪を梳いていたのだろうと思う。しかしぼくの場合は想像するだけで、じっさいのことは分らない。川村さんは分るのである。こんな幸福なことがあるだろうか。ぼくは友である川村さんのために、そのことを何よりもよろこぶ。

（作家）

海老沢さんは万年筆で書かれる。どんなに長いものでも、最初から最後まで、字が乱れない。ペン習字の手本になるような楷書である。

『F1 ——地上の夢』もそうだったし、パソコンのマニュアルを書かれたときもそうだったが、この「序にかえて」も、もちろんそうである。

読むうちに涙が止まらなくなった。

特にこたえたのは、母の句を二句紹介した後の段落。この段落の結び、

「ただぼくがちゃんと暮らしていけるかどうかだけを心配して、十四年前に死んでしまった」

という、ぶっきら棒な一文を読んでからは、自分に「泣くな」といい聞かせながら、どうにか

最後まで読むことができた。こういう経験は、生まれてはじめてのことだった。

この六百字は僕の名前になっている。しかし、代わりに長男である兄「川村庄一郎」にしてもおかしくない。さらにいえば、「おふくろには心配ばかりさせたな」と思っている息子なら（たいていの息子はそう思っているだろう）だれの名前をいれても、胸に響く文章になる。

こういう文章を何といえばいいのかわからない。しかし何回読み返してもそのたびに胸を揺さぶられる六百字の文章は、これ以前にもこれ以降も、読んだことがない。読み返すたびに文章の持つ力の凄さを思いしらされている。

海老沢さんには、死んでも頭が上がらないと、お元気なころから思っていたが、亡くなってからもう一つ、文章の師と仰ぐ僕が、御礼をいわなければならないことがあることを知った。

亡くなった直後に文春文庫から出た海老沢さんの『プロ野球が殺される』というエッセー集である。

「Ｎｕｍｂｅｒ　Ｗｅｂ」に連載したものなどをまとめた一冊を、親しい「日刊スポーツ」の記者は、

「こんなにスポーツ界を批判しているのに、読み終わると爽快感が残る」

といったが、僕が読み終えて思ったのは、

「読売新聞会長の渡邉恒雄さんと、ゴルフの石川遼君にはぜひ読んでもらいたい」

ということだった。

なぜそう思ったかは、読んでもらえばわかる。

わかり易い文章を書きたいと思っている人には、書くまでもないことだが、最良の一冊である。

野村克也の目と口　――２００７・１〜３

口の重い大選手

「福岡ソフトバンク・ホークス」はその昔、「南海ホークス」といった。

「楽天」の野村克也監督とはじめて会ったのは、野村さんがその「南海ホークス」のプレーイング・マネージャーだったときである。

社会部から「週刊朝日」に異動になって間のないころだから、三十年近く前のことになる。

何の取材だったか覚えていないが、大阪・ミナミにあった「南海ホークス」のホーム・グラウンド、大阪球場の監督室に野村さんを訪ねた。

監督室といってもコンクリート壁がむき出し、何も物を置いていない物置のように殺風景な部屋で、寒々としていた。

ただ、野村さんが雑談のときに話したことが、頭にこびりついて離れなかった。

いいキャッチャーになるのはどういう人ですか、という質問に、

「貧乏性、心配性の人間が向きますね。……他人の家にいくでしょう。壁に額が掛かっています

ね。額がちょっとでも曲がっていたら、真っ直ぐにしないと落ち着かない。立って、直しにいく。そういう人間がいいんです」

と答えた。

それもひとことひとこと考え、考え、ボソボソとだった。人のことをよく見ている人だというのが、記憶に残った。

それから一、二年して野村さんは「ホークス」から「ロッテ」に一選手として移り、「ロッテ」から「西武」にいって、そこでユニホームを脱いだ。

そのころ、「週刊朝日」ではプロ野球の話題を記事にすることがよくあった。

取材するとなると、まず朝日新聞の運動部の記者に話を聞く。次に朝日新聞とつながりの深い「日刊スポーツ」の記者の話を聞く。

いきなりグラウンドにいって選手や監督に「週刊朝日」の名刺を出しても、相手にされないからである。

記者たちの話を聞き、それに野球解説者の話を加えて何とか読み物に仕立てるのだが、何とも気分の乗らない仕事だった。

朝日新聞の運動部の記者にしろスポーツ新聞の記者にしろ、面白いと思ったことは自分たちが記事にする。僕らに話すのはしょせん、二番煎じの話である。

出がらしのお茶を飲んでいるようなものだから、心の浮き立つこともなければ、「書いた」という満足感もない。

担当する度に、それこそお茶を濁してすませていた。

野村さんが一九八〇年のシーズンをもって現役を引退すると知り、頭に浮かんだのが、何年か前に聞いた「壁に掛かっている額」のことだった。

この人の目を通すと、プロ野球のプレーや試合はどう見えるか。見たことを語ってもらって記事にすると、面白いのではないか。

少なくとも、記者たちの話を聞いて書くより、新しいことができそうだ。

そんなことを考え、ときの編集長、畠山哲明《はたけやまてつあき》さんに、

「野村さんは人間をよく観察している人です。『週刊朝日』の専属解説者をお願いしてプロ野球を語ってもらい、それを記事にしたらどうでしょう?」

と話した。

もちろん一試合、二試合ということではない。一シーズンを通して、という企画である。

今なら、

「企画書に書いて出してくれよ」

ということになるが、畠山さんはそんなことはいわれなかった。

広島が郷里で、「広島カープ」ファンの畠山さんは、

「二郎ちゃん、その企画面白そうだから、それ、お前さんがやってよ」

と即断即決で、ただちにときの朝日新聞の運動部長に電話をした。

運動部長は、プロ野球の大物選手と個人的なパイプを持っている。早速、野村さんを招いて食事をすることになった。

その時点で、野村さんはスポーツ新聞では「サンケイ・スポーツ」と、ラジオ、テレビでは「TBS」と、専属契約を結んでいた。

「週刊誌はどうでしょう?」

と聞くと、こういわれた。

「『週刊朝日』さんに声をかけていただき、名誉に思います。お受けします」

野村さんはプロ野球が今のような二つのリーグになってからはじめて「三冠王」になった大選手である。そういう人の口から出た「朝日の仕事は名誉」という言葉に、一瞬、体に電流が走った気がした。

「週刊朝日」という雑誌に定期的に名前が出ることは、世間では名誉なことと考えられている。あらためて自分が属している雑誌の看板の大きさや重さに、気づかされた気がした。

野村さんにそういわせたのは、畠山編集長の人柄もあったかもしれない。

畠山さんが編集長になると決まったときだった。敬愛する社会部の先輩に、「畠山さんは朝日でも最も温厚篤実な人だ。君は幸せだ」といわれた。本当にその通りの人だった。

一九八一年春の、プロ野球のキャンプインから連載を始めることになり、連載のタイトルは、

「野村克也の目」

と決まった。

このタイトルの名付け親は、当時「週刊朝日」の副編集長だった蜷川真夫《になかわまさお》さん。僕の二年先輩で、後に「AERA」の編集長を務めた。

今までに新聞や雑誌でいろいろなタイトルで連載をし、タイトルの中には記憶に残るものがいくつかある。しかし「野村克也の目」程のものは他にない。

何といっても余計な修飾語が一つもない。簡にして要を得たとは、こういうことをいうのだろう。「目」だから、目に入るものは何を書いてもいいわけである。手足を縛られずに、全て担当する記者の裁量で決められるのだから、記者にとっては名誉なことである。

名付け親の蜷川さんには長く感謝することになったが、しかし喜んでばかりもいられなかった。実をいうと畠山編集長に提案したときは、野村さんを業界用語でいう「囲い込み」することしか、考えていなかった。「野村克也番」は、編集部の野球好きが担当すればいいと思っていたからだ。

小学生のころは、赤バットの川上に憧れて三角ベースやゴロベースで遊んだ。フランク・オドール監督率いる「サンフランシスコ・シールズ」や、アメリカ大リーグ選抜チームが日本にきたときは、父親にせがんで後楽園球場に連れていってもらった。

湘南高校が夏の甲子園で優勝して凱旋したときは、藤沢駅まで迎えにいったこともある。

といって、「三度のメシより好きです」という程のプロ野球ファンではなかった。

大人になってから、聞かれれば「巨人ファンです」と答えていたが、実のところ、ペナント・レースは毎年、優勝チームがかわるような、スリリングなものであるといいと思っていた。

朝日新聞社に入ってからは、大分支局にいって二年目の一九六五年夏に高校野球を担当し、中九州代表（当時、大分県代表と熊本県代表が戦い、二つの県で代表を決めていた）の津久見高校について、甲子園にいった。

スコア・ブックのつけ方は、そのときに覚えた。

その年、津久見高校はベスト8で終わった。しかし同じ九州勢の福岡県代表、三池工高が最後まで勝ち進んだため、決勝戦と閉会式の取材を手伝い、それはそれでいい思い出になった。

しかし、その程度の経験が「野村克也の目」を担当するうえで、どれくらい役に立つものなのか。まるで見当がつかない。

第一、野村さんにどんな話を聞けばよいのだろう。

話を聞いたとして、どんなふうに書けばよいのだろう。

考えると、胃が痛くなった。

畠山編集長に、

「あの話はなかったことにして下さい」

といって逃げたくなったが、そういうわけにもいかない。

野村さんが「サンケイ・スポーツ」の取材で宮崎の巨人軍キャンプにいくというので、とにかくついていった。

現在の原辰徳・巨人監督が、ジャイアンツに入団した年のことである。

二月の宮崎は、霧島おろしの風が吹いて寒い。心細いことこのうえなかった。

いざ野村さんと向き合って、衝撃を受けた。異常といってよい程、口の重い人だったからだ。十七年の記者生活で、これほど口の重い人には会ったことがなかった。プレーイング・マネージャーのときからそうだったことを、すっかり忘れていた。

これは大変なことになった。

エピソードの山から宝を掘る

ラジオやテレビのプロ野球解説を聞いていると、解説者がときどき、

「今のコース、バッターはちょっと手が出ませんねえ」

ということがある。

それならピッチャーは三球で三振が取れるのに、どうして、そのコースに三球続けて投げないのだろう。

かねがね疑問に思っていたことなので、野村克也さんに、どうしてピッチャーはそうしないの

ですか？　と聞いた。答えはすぐ返ってくるだろうと思っていた。

ところが野村さんは、黙りこくったままである。

ひとことも発しないだけではない。無表情なままである。答えがわからないのか。それともどういうふうに答えるか、考えているのか。まるで見当がつかない。

取材用の大学ノートを開いて、黙って待つしかない。

いったいどうなるのだろうと思っていると、やっと口を開く。

眠そうな声で、ボソボソとした話し方は、

「ひねもすのたりのたりかなという感じ」

といえば、わかってもらえるだろうか。

「第一球は見逃しますね。……だけど二球目も同じコースにくると、残像がバッターの目に焼きつけられるんです。……三球目もそこにくると、プロのバッターなら、バットの芯で捉えることができます。だから、三球続けて投げられないんですよ」

まことに明快である。

しかしこの答えが出てくるまでには、十分近く待たなければならない。こんなに時間のかかるインタビューは、はじめてだった。

「ピッチャーの基本はストレートだといいますが、なぜそうなんですか？」

と聞いたときもそうだった。

沈黙の時間が十分近く流れてから、

「川村さん、ボールを的に当てるとき、カーブを投げますか？　……ストレートを投げるでしょう。狙ったところに一番いくのが、ストレートなんです。……ピッチャーはコントロールが命ですからね。ストレートが基本なんですよ」

と、実にわかりやすい説明が返ってきた。


ペナント・レースが始まるとほぼ毎日、野村さんと記者席で試合を見た。

試合が終わると、野村さんが「サンケイ・スポーツ」の取材に答えるのを待って、野村さんの家までついていく。ナイターだと、着くのは夜十一時前後になる。

沙知代夫人がテーブルに食事を並べて待っている。食事がすむころには、テレビの「プロ野球ニュース」が始まっている。

テレビ画面に野球が映っている間は、質問をしても耳に入らない。「プロ野球ニュース」が終わると、そちこち午前一時である。

話を聞くのは、それからになる。

質問と答えの間に時間があるから、ついタバコを喫う。野村さんもそのころはヘビー・スモーカーだったから、灰皿がたちまち一杯になる。沙知代夫人がいれてくれるコーヒーを、二人でガブガブ飲んだ。

いくつか質問をして時計を見ると、午前四時である。「お休みなさい。また明日お願いします」といって、帰路につく。

一週間に六日、これを続けて原稿にした。

これがもし長嶋茂雄さんなら、彼はよくしゃべる人だったから、メモ帳はたちまち一杯になる。ところが、意味不明なことや主語述語の関係も曖昧なところがある。いざ文章にしようとすると、大変に難しい。

逆に野村さんは、明け方まで話を聞いてメモしても、大学ノートは半ページしか埋まらない。しかし話は論理的で、わかりやすい。文章にするのに、それほど苦労をしなくてすむ。長嶋さんがラジオ、テレビ向きの人だとすれば、野村さんは活字向きの人である。

ともあれ野球は素人の者が、興味のおもむくままに取材をして書いたのがよかったのかもしれない。

「野村克也の目」は読者の評判がいいというので、宣伝用のビラを作ることになった。ビラには野村さんが取材を受けている写真を載せることになり、ある晩、「週刊朝日」のグラビア・ページに「うちの嫁讃」（後「縁あって父娘」）を連載しているフリーの写真家の山崎陽一君と一緒に野村邸にいった。

山崎君は、彼が独身のときからの仕事仲間で、我が家にもちょくちょく遊びに来る仲。今では三十年近いつき合いになる。その夜は、最後までつき合うはずだった。

ところが午前二時を少し回ると、「お先に失礼します」と、帰ってしまった。

後日、「冷たいじゃないの、先に帰って」というと、山崎君は、

「連載を読んで、面白い話を次々にする人だと思ってたら、野村さん、ほとんどしゃべらないんだもの。待ちくたびれちゃったんですよ」

といった。

「週刊朝日」の連載が始まって三カ月ほどしてからだったろうか。野村さんが、「大きな会社から、講演を頼まれたんだけど、何を話せばいいんでしょうかねえ」という。

「何をって、野村さんは野球が一番よくわかっているんですから、野球の話をするしかないでしょう」

といって、たとえば有名な女性歌手と噂になっている選手が打席に立ったときは、その歌手の歌を、キャッチャーのマスク越しに小声で歌って動揺を誘ったエピソードなどを話すように勧めた。

野村さんは、

「そんな話で喜んでもらえるんでしょうかねえ」

と半信半疑の様子だった。

しかし講演をすませてもどると、

「おかげさまで、えらいウケちゃいましたよ。あんなバカバカしいような話でいいんですね」

といった。

「野村克也の目」は二年間書いて担当をはずれたが、そのころになると、野村さんは日本全国を飛び回り、一日に四カ所で講演をするほどの、超のつく売れっ子になっていた。

野村さんは四十五歳までユニホームを着ていただけあって、選手、監督一人ひとりのプレーからクセや性格まで、よく知っていた。しかも観察が細かいから、人の気がつかないところまで見ていた。

いってみれば、野村さんはプロ野球界のエピソードの山に埋まっていた。

エピソードの山は、プロ野球ファンから見れば宝の山といっていいものである。

僕の仕事は、その山から宝を掘り出して、それをつないで一回一回、読み物にすることだった。

野村さんには、自分の話したことが元になって書かれた文章を読むことによって、頭の中が整理され、講演にも役に立つことがあったのかもしれない。

その後、野村さんは「ヤクルト・スワローズ」の監督になって日本一になり、「ＩＤ野球」の元祖として有名になった。

ＩＤ野球というのは、煎じ詰めると、

「試合に勝つためには、選手一人ひとりが成功の確率の高いプレーをすること。確率を高くしようと思ったら、頭を使うことだ」

と、僕は理解している。

二年間の連載のエッセンスを文庫本にまとめて「野球は頭でするもんだ!!」(朝日新聞社刊)という書名にしたのは、それが理由だ。

いつだったか、野村さんと久しぶりに会って昔話をしたことがある。一週間に六日、野村邸に通ったころの話である。野村さんは、

「川村さんが聞くことって、プロ野球担当の記者が聞かないようなことばかりだったでしょう。生まれてはじめて聞かれることだったから、面喰らっちゃったわけですよ。どう答えたらいいのかノイローゼみたいになって、川村さんとつき合ったせいで、額のはえぎわがほら、こんなに薄くなっちゃいましたよ」

といった。

しかしそれは僕も同じだ。二年間の「野村克也の目」で、僕は額の上のところが白髪になったからだ。

白髪が黒くもどるまでに、半年かかった。

ところが野村さんは、毛がもどらなかったそうである。申し訳ないことをした。

言葉の神様

——2005・11

先だって文章を書いていて、接続助詞を「から」とするか「ので」とするか、自信がなくなり、国語学者の大野晋さんに電話をした。

言葉の使い方で字引を読んでもわからないことがあると、迷わず大野さんに聞くことにしている。

大野晋さんについてはあらためて説明するまでもないと思うが、「岩波古語辞典」の編者のお一人。「広辞苑」の基礎語千語を担当された方である。

基礎語というのは、簡単にいうと、「見る」とか「なる」とか「ある」とか、よく使う言葉で、いろいろな意味がある。従って、定義することが厄介な言葉である。

小説家の丸谷才一さんは大野さんより六つ下、東大の英文科だが、入学したときから、「国文の研究室に、大野晋というすごい人がいる」

と、聞かされていたそうだ。

丸谷さんは後に、

「『広辞苑』の初版が昭和三十年の五月に出ますね。僕はその基礎語を読んで、大野晋さんは本当にすごい人だ、大変な人だと思いました」

といわれた。

大野さんはまさに「生き字引」という言い方がぴったりの方だが、僕にとっては「言葉の神様」である。

ちょっと自慢をさせてもらうと僕は、

「僕の国語の家庭教師は大野晋さんです」

ということを許されている。

真面目な話、もしこういう先生に中学時代、国文法を教わっていたら、どんなによかったろうと、何度思ったことかしれない。

中学の国文法というと、動詞や形容動詞の活用を覚えることだった。

高校にいくと、覚えるのが文語になるだけで、文法が暗記物であることは同じである。大学入試には必須だったので覚えたが、「こんなことをマル暗記して、何の役に立つのだろう」と思ったものだ。

思っていた通り、新聞や雑誌に文章を書くようになると、マル暗記したことは余り役に立たない。それより、読み書きに決定的に重要なのは、たとえば助詞の使い方である。

一例を挙げる。

「大野先生とお会いした」と「大野先生にお会いした」では、厳密にいうと意味が違う。

僕の場合、その違いが何となくわかっているから、文章を書いていて「ここは『と』だろうか、それとも『に』だろうか」と、迷うことはない。

ところが、大学生の書いたものを添削するようになると、「何となく」では、すまなくなる。正確なことをわかりやすく説明しなければならない。これは、手に余ることである。

大学生に聞かれて、その場で大野さんに電話をして教わることがある。時間によっては、「次に君と会うまでに教わっておくよ」と答えることもある。

大野さんと話していると、今もし「週刊朝日」の編集長なら、神様の力を借りて面白い企画ができそうだと思うことがある。

こんなアイデアだ。

政治の話というと、テレビや新聞の政治部の記者やデスクが、テレビに出てきて、解説をする。それをテープにとって文字にし、大野さんに読んでもらう。

放送を何となく聞いている分には「なるほど」と思うことでも、文字にして読んでみると、ただ威勢がいいだけだったり、前に話したことと矛盾していたり……ということが、珍しくない。どこが、どうおかしいか。大野さんに指摘してもらう。添削してもらうといってもいい。

神様はこと言葉の使い方となると、手心を加えない。

曖昧なものは許さないし、響きの美しくないものには、朱を入れるはずだ。

なぜか。日本語とこの国を大切に思っているからである。

どれくらい大切に思っているかは、『日本語の教室』（岩波新書）や『日本語と私』（新潮文庫）を読めばわかる。

テレビで話した政治のプロ（この言い方の定義はひとまずおく）たちの言葉、表現は、大野さんの手によって直される。ものによっては、原形を留めないまでに手を入れられるものがあるかもしれない。

そのまま雑誌に載せる。タイトルは「大野晋の政治ジャーナリズム日本語診断」でも、「ズバリ斬る」でもいい。

雑誌が発売になると、十中八、九、編集部に、

「政治の世界の素人で、政治家を取材したこともない、言葉の学者が生意気な」

といった趣旨の苦情や抗議がくるはずだ。

編集部に直接文句をいう自信も度胸もない連中は、いきつけのバーに集まって、

「今週の『週刊朝日』、読んだか。何だ、あの大野って奴は。あんなものを載せる編集長も、政治オンチだな」

などと、ブツブツいうことだろう。

そんなものにまで神様の手を煩わせることはない。編集長はだれからどんな苦情や抗議がきたかを紹介したうえで「編集後記」に、

「民主主義の土台は言葉でしょう。政治家は国民に言葉で説明をし、ジャーナリストは読者や視聴者にわかるように言葉で伝える。それが仕事で、民主主義は『はじめに言葉ありき』のはずです。そもそも政治の世界とは何か、定義をきちんとして下さい」

と、書けばいい。

もし論争に発展すれば、こんなありがたいことはない。仮りに論争の相手が田原総一朗氏であれば、いろいろなメディアが、

「田原総一朗VS週刊朝日の〝ケンカ〟の行方」

などといって、話題にしてくれるだろう。

話題になれば、雑誌は売れる。それもタレントのスキャンダルなどと違って、争点は言葉の使い方だ。俯仰《ふぎょう》天地に愧《は》じず、というものである。

論争がきっかけになって、テレビ局のディレクターやプロデューサーが言葉に敏感になり、担当の番組に出演させる人間は、きちんとした内容を、きちんとした言葉で話すことができる者にかぎる——と、そこまでは望めないとしても、政治ジャーナリストや政治家が言葉の大切さに気がつけば、テレビ番組が変わるだけではない。日本の政治も変わるのではなかろうか。

さらにいえば、朝日新聞は選挙をめぐる報道で、信用を失った。選挙についての記事で、政治部から田中康夫・長野県知事の談話をとるように言われた記者が知事に合わないまま談話を作って本社に送り、それが記事に使われた。捏造《ねつぞう》である。大野さんに「週刊朝日」誌上で、朝日新聞

の政治記事や社説の日本語診断をしてもらうのに、いい機会である。

読み物としても面白いものになるに違いない。

それればかりではない。

「週刊文春」や「週刊新潮」、月刊誌の「文藝春秋」や「現代」の俎上《そじょう》に載せられてからかわれたり、切り刻まれたりする前に、自社の出している雑誌に、いわば、自分の方から俎板《まないた》に載る。前例のないことである。まず朝日新聞社の中で話題になるだろう。

売れることは、間違いない。

さらには会社のイメージアップにつながるのではなかろうか。

なぜなら、心ある読者は、

「さすがは朝日新聞社だ。いろいろなことがあっても、まだまだ自浄機能を失っていないようだ」

と考えてくれるに違いない。そう考えるのは、甘いだろうか。

司馬さんが逝った夜

——2006・1〜5

巨星墜つ

一九九六年二月十二日午後八時五十分。——この日時は、生涯、忘れないだろう。司馬遼太郎さんが亡くなられた夜だからである。

その年は前の年から引き続き、朝日新聞夕刊一面の題字下に「きょう」という小さなコラムを毎日、書いていた。

しかし、司馬さんとは司馬さんが東大阪から上京されれば、「ホテルオークラ」の「オーキッドバー」でお会いしていた。

この一、二年、体調が思わしくないことは、お聞きしていた。ご一緒していると、体のあちこちをさすりながら、

「神経痛らしいねん」

といわれる。

その一方で、アメリカ大リーグにいった野茂投手のことがお好きだったのだろう、バーのイス

に座ったまま、上半身をひねってトルネード投法の真似をしながら、

「あの投げ方で、もつのやろか」

と、心配しておられた。

それが一九九五年十一月半ばのことだ。

体調が芳しくないとはいっても、御本人のいわれる通り神経痛のようなもので、それこそ温泉につかったり、マッサージや針灸で治るものだろうと思っていた。

ところが年が明けて二月に入り、大阪大学医学部の病院に入られたことを知った。

容態がよくないとお聞きし、御見舞にうかがわなければと思いながら、毎日、コラムの取材と原稿書きに追われ、大阪に行くことができずにいた。

そして二月十二日――。

いよいよ重篤らしいとわかったが、あいにく取材の約束が入っていて、東京を離れることができない。

しかたなく一時間おきに大阪に電話をしていた。

夜九時半、取材相手といた六本木から電話をすると、八時五十分に亡くなられたという。

覚悟はしていたものの、受話器を手にしたまま、しばらくは茫然としていた。

目の前が真っ暗だった。

我にかえって思ったのは、一刻も早く奥様にお悔みにいかなければならないということだった。

しかし、新幹線はもうない。クルマでいくしかない。

大急ぎで家に帰り、上司に「司馬さんが亡くなられたので、大阪にクルマで行きます。コラムは穴が開かないようにしますから」と電話をしてＯＫをもらい、会社からハイヤーを回してもらった。

このやりとりを聞いていたカミさんが、思いつめたような顔で、

「先生の奥様、何か予感がおありになったのかもしれないわね」

といった。

奥様は、これという理由が思い当たらないのだが、一年に二、三回、花を贈ってくださる。

一九九六年一月末にいただいたのは、真っ白いライラックの花だった。

白い花は、仏前に供えるのがふつうである。花屋が間違えたのではなく、奥様が「白いライラックを」といわれたのだとしたら……というのが、カミさんのいう、「予感」だった。

確かに司馬さんの死は、白い花が届いてから二週間もしないうちのことだった。

しかしそんなことを考える余裕はない。一刻も早く東大阪のお宅に行かなければならない。頭にあるのは、そのことだけだった。

ハイヤーの運転手さんは顔なじみのベテランで、東京にみえた御夫妻をお乗せしたことがあるという人だった。

十三日は夕方、東京でコラムの取材の予定が入っている。お悔みをすませたら、トンボ返りで

東京にもどらなければならない。取材ノートを持ってハイヤーに乗った。

都心の混雑を抜け、首都高から東名を一路西へ向かったのは、そちこち十一時ごろだったと記憶する。

目をつぶると、はじめてお会いしたときからのことが、次々と頭に浮かんだ。

はじめて御挨拶をしたのは一九八九年四月末、「週刊朝日」の編集長になってすぐ、上司に連れられていった「オーキッドバー」だった。

紺の三ツ揃いで畏《かしこ》まっていると、御夫妻がみえた。

上司に紹介され、「どうぞよろしく御願いします」と頭を下げると、いきなり、

「川村君、君はヤクザ的やな」

といわれた。

それも、楽しそうに、ニコニコしながらである。

思いもしなかった一言に返す言葉がなく黙っていると、続けて、

「あのな、ヤクザとヤクザ的はちゃうねん」

といわれた。

しかしそれ以上の説明はなかった。

司馬さんは初対面の相手に、びっくりするような一言を発する。そしてその一言で相手をノック・アウトし、懐に取り込んでしまう。——これが司馬さん一流の「人たらし術なんだよ」と、

出版社の担当編集者に教えられたのは、ずっと後のことだった。

書いた記事は読んで下さっていたようで、やはり突然、

「君は勇気があるなあ」

といわれたことがあった。

これまた思いもしないことである。黙っていると、

「君は文章を『だ』『である』と、断定的に書くやろ。それは勇気のいることなんや」

といわれた。

このときはさすがに、

「司馬さん、僕は勇気なんかないですよ」

といって、こんな説明をした。

――僕は勉強をそれほどしていないし、読書量が多いわけでもありません。自分の判断や考え方に自信がないんです。それでこうしてお会いしたとき、僕はこう考えていますが、間違いではないでしょうかと、お聞きするのです。お聞きして「それでええんとちゃうか」とおっしゃっていただけたときは、お名前は出さず、昔から考えていたような顔をして「だ」「である」と、断定的に書くのです。勇気があってやっていることではありません。

本当にそうだから思っているままを申し上げたのだが、

「それでも署名入りで断定して書くのんは、勇気がいるで」

といわれたので、それ以上反論はしなかった。

司馬さんが亡くなって悲しかった。しかし、悲しみ以上に大きかったのが喪失感だった。

一言でいうと、司馬さんは知恵袋だった。それも、とてつもなく大きな。
二、三カ月に一度、お話を聞く。そうすれば世界が今、どちらに向かおうとしているのか、大局観を誤まらなくてすむ。考えに詰まることもない。
そういう存在が、消えた。毎日通っていた学校がなくなったようなものである。

喪失感と同時に、これからどうすればいいのだろうという、不安感も大きかった。不安感というより、心細さという方が当たっているかもしれない。

車のシートに身を沈めていると、ホットウイスキーを手に、やわらかな関西弁で話して下さったことが頭をよぎり、柔和な笑顔が目に浮かんできた。

気がつくと日付が変わり、時計は午前一時を回っている。車は神奈川県から静岡県に入ったところだった。

ハイヤーの電話が鳴った。受話器を取ると、朝日新聞大阪本社の学芸部のデスクからだった。

デスクがいったのは、我と我が耳を疑うような話だった。それくらいショッキングなことだった。

「司馬番」がいない！

ハイヤーの電話をとると、大阪本社学芸部のデスクは、

「司馬先生の評伝を書いてもらえませんか。実は東京本社の学芸部にも大阪本社の学芸部にも、司馬先生とおつき合いをいただいている記者がいないんです」

といった。

耳を疑った。思わず「えっ」といったきり、次の言葉が出てこない。

「川村さんは『週刊朝日』の編集長を辞めてからもおつき合いがあったそうですね」

「ええ。東京にみえたときは、食事や酒のお相手をさせてもらっていました」

「ついては、司馬先生の評伝をお願いしたいんです」

「ありがたい話だけど、評伝となれば年表が必要でしょう。資料も何も持っていないんです。手ブラなんですよ」

「評伝といっても、川村さんが見たまま聞いたままの先生でいいんです」

「わかりました。それなら書けそうです。上司に許しをもらって、折り返し電話をします」

早速、上司の自宅に電話をし、原稿を頼まれたことを伝えた。そして、

「書きたいのですが、どうでしょう」

と聞くと、

「どうぞ」

といってくれた。

ただちに大阪本社のデスクに、

「ＯＫが出たので書きます。原稿は手書きなので、机に原稿用紙と字引を置いておいて下さい」

と電話をした。

このデスクとは仕事をしたことはなかったが、記者のときに書いたものは読んでいた。文章が平易で、気品がある。僕より十年は後輩だろう。

彼とは、作家の森瑶子さんが亡くなられた一九九三年の七月に、森さんのお宅で会ったことがある。色白でスラリとしてスマートだった。そのときは、短い会話をしただけだったが、穏やかな話し方からは、誠実な人柄が伝わってきた。

彼も大阪本社のデスクになり、地元の大阪に大作家とつき合いのある記者が一人もいないとは、夢にも思わなかっただろう。

切羽詰まっていたに違いない。

彼がだれから僕のことを聞いたのか、知らない。しかし司馬邸に向かうハイヤーに乗っていることを知るためには、何本か電話をしなければならなかったはずだ。

しかしこの際、それはどうでもよいことである。

重要なのは、文芸部門に専従の記者が何人かいるはずの学芸部に、「司馬番」が一人もいなかったことだ。

存在の大きさを考えれば、大阪本社の学芸部長はもちろん、編集局長や大阪本社代表の専務取締役が定期的にお宅に顔を出す。たまには宗右衛門町の料亭「大和屋」のようなところに御夫妻をお招きしたりする。そうしているものだと、思いこんでいた。

司馬さんは、大作家というだけではない。朝日新聞社にとっては、恩人である。「週刊朝日」連載の「街道をゆく」は、雑誌の大黒柱である。単行本になっても、よく売れている。恐らく、百年後も読まれているだろう。

さらにいえば、ドナルド・キーンさんを朝日新聞の客員論説委員に迎えるべきだと、編集担当の専務、中江利忠さんを説得したのは、司馬さんである。

キーンさんを迎えたことが、どれほど洛陽の紙価を高めることになったか。朝日の社員なら、まして記者なら知っていなければならない。

入社したころ、先輩や幹部から折りにふれていわれたことがある。

朝日新聞社の財産は人である。何も社員だけではない。寄稿して下さる方から、読者、新聞を配達してくれる人まで、人が財産である。それを忘れてはいけない——ということである。

「人を大切にする」といってきた新聞社に、「司馬番」もいないとは、どういうことだろう。朝日には、まともな記者や編集者がいないのか。そう思われても、しかたのないことである。

いったい我が社はどうなっているのだろう。デスクの切羽詰まった声を思い出すと、そんな気がしてならなかった。

しかし評伝を書くとなると、悲しんだり、落ちこんだりしている時間はない。

どういうエピソードを、どう書くか。

それにしても、何という名誉だろう。

朝日新聞には、二千人からの記者がいる。しかし評伝をまかされるのは、一人である。記者冥利に尽きるとは、こういうことだろう。

不謹慎かもしれないが、正直にいうと、

「司馬さんが、桧舞台《ひのき》を残してくれた」

とさえ思った。

車に揺られながら、頭の中はフル回転だった。

エピソードを思い出し、構成を考え、それを頭の中で添削していく。武者震いがした。

大阪本社に着いたのは、日付けが変わって午前四時ごろだったと思う。編集局に駆け上がると、学芸部も社会部も騒然としている。まさに「巨星墜つ」という感じがした。

机に向かうと大きく深呼吸をして、鉛筆を持った。そして、

「ホットウィスキーを手に、古今東西の人間について語る司馬さんの話をワクワクして聴きながら」

と、最初の一行を書き始めた。

記事の分量はざっと百行。四百字詰原稿用紙なら三枚とちょっとだが、新聞では大原稿である。

書いたのは、「オーキッドバー」で折りにふれて教わったことが主である。「僕の知っている司馬さん」といえばいいだろうか。

日本中がどうしてよいかわからず、小田原評定《ひょうじょう》を続けているとき、司馬遼太郎という、この国にとっては羅針盤のような存在が失われた、という趣旨である。

最後の一行を、

「神さまは一番大切なものを奪うというが、本当かもしれない」

と結んで署名をし、鉛筆を置くと、時刻は午前九時に近かった。

大急ぎで東京の自宅にファックスをし、カミさんに読んでもらう。家族が「面白くない」「わからない」という文章は新聞や雑誌に載せてはいけない、というのが僕の考えで、昔から、書いたものは読んでもらうことにしている。

ＯＫをもらい、学芸部のデスクに原稿を渡し、東大阪の司馬邸にいくと、みどり夫人が迎えてくれた。

記帳をすませると、夫人が、

「川村さん、せっかくだから顔を見ていって」

といわれ、お顔の白い布をはずされた。

まことに穏やかなお顔だった。

夫人に何をお話ししたのか、残念ながら覚えていない。

コラムの取材があるので、午後三時すぎには東京にもどっていなければならない。新大阪に出て、新幹線に乗った。

前の日から一睡もしていなかったが、少しも眠くなかった。評伝を書いたことで、一種興奮状態にあったのかもしれない。

コラムの取材で「ホテル・オークラ」の近くの磯村尚徳《いそむらひさのり》さんのお宅でお話を聞くことになっていた。NHKのニュースキャスターとして、「ちょっとキザですが」の名文句で一時代を築いた方である。

磯村さんも、作家の死がこの国にとってどれほどの損失か、おわかりだった。

磯村邸を出ると、夕闇が迫っていた。そろそろ夕刊が配られる時刻である。築地の会社にもどる途中、新橋の駅で新聞を買い、真っ先に社会面を開いた。

しかし、評伝は載っていなかった。

何があったのか、大阪本社の紙面では使われた（その旨、電話で連絡があった）のに、東京本社の紙面ではボツになっていた。なぜなのか、見当もつかなかった。

「まさか」の連続

東京管内の新聞の社会面は、学芸部の編集委員の書いた長い記事でほとんど埋められていた。その内容はというと、文芸評論家や作家の書いた解説などを継ぎ合わせて蘊蓄を傾けたものだった。

読んで、労作だとは思った。しかし正直なところ、面白いとは思わなかった。解説文の引用につぐ引用で、血の通った文章といえるものではなかったからである。

ずっと後になって知ったことだが、その編集委員は文芸の担当で、読書家として社内ではよく知られていた。しかし司馬さんとは、一度か二度しか会ったことがないという話だった。

内心、「これより俺の書いたものの方が読者に喜んでもらえたろうな」と思ったものの、だれがどういう判断でボツにしたのか、聞いて回る時間がなかった。

その時期、夕刊一面に連載していたコラム「きょう」は毎日、その日付に関係のある出来事の現場にいき、当事者や関係者に会って話を聞いて書いていた。

というのは、このコラムを担当した前任者たちは、もっぱら本から引用しては感想を書いていた。引用を元に書くのは記者のすることではないと思っていたから、毎日、取材をして生ネタを書くことにしていた。

ところが、これが、いうは易く行うは難い。何しろ日付の確認から資料集め、取材のアポをとることまで、全て一人でしなければならないからだ。

しかし取材をするから、面白い材料が山のようにというのはオーバーにしても、たくさん集まる。それを二百八十字の枠に収めなければならない。書き上げるのに早くて三、四時間、遅いときは六、七時間かかる。翌日の夕刊に使う原稿を、

「あしたの『きょう』です。よろしく」

と頭に書いて、午前零時前後にデスクにファックスすることが多かった。

文字通りその日暮らしで、綱渡りの毎日である。会社に顔を出すことも少なかったから、なぜボツになったのか、調べる気も起きなかった。

ただ、亡くなって二日後の二月十四日付の「天声人語」には驚かされた。それは、

「『司馬遼太郎さんは、いま、ご自分のいのちの残りを計りながら、仕事をされているように思える』。編集委員の同僚がそういったのは、昨年夏のことだ」

という書き出し。一文のほとんどが雑誌に載った作家と評論家鶴見俊輔さんの対談の引用で、その編集委員は、司馬さんと会おうとせっせと連絡をとっていた。しかし結局、会うことができなかった、というのが結びだった。

拍子抜けするような話だが、そのときの「天人」の筆者Kとは年齢もほぼ同じ。短期間だが社会部で一緒だったことがある。社内には、この同僚編集委員を僕だと思った人間がいた。

こういう誤解は、迷惑である。

それだけではない。

実はKが「天人」を担当することになるということは、司馬さんが元気でおられたときから社内の噂で聞いていた。そこでKには、

「司馬さんに紹介しておきたいから、これこれの夜は空けておいてよ」

といったことがあった。

「天人」は何といっても朝日新聞の看板コラムである。それを担当するのであれば、国民的な作家の知遇を得ておくことは、大きな財産になる。

世間ではふたことめには「情報」というが、情報は空中に漂っているのではない。つまるところ人である。

さまざまな分野の一流といわれる人をどれだけ知っているか。それは「天人」を書くようなコラムニストに限らず、記者を職業にする人間には必須のことだろう。少なくとも僕はそう考えてたくさんの人とできるだけ知り合いになるようにしてきた。

「天人」の筆者に、深代惇郎《ふかしろじゅんろう》さんという人がいた。社会部の先輩で、昭和四十八年から三年弱、「天人」を書き、昭和五十年十一月に四十六歳で亡くなった。後輩にとっては神様のような記者である。

「天人」を書くようになったある夜、深代さんは秦野章・警視総監（故人）や東京新聞の文化部長などとマージャンをすることになっていた。

ところが、秦野さんがなかなか来ない。しびれをきらしていると、「やあ、すまん。実は本田宗一郎さんがアメリカの大学の名誉博士号を取ったんで……」といって現われた。

すると深代さんは「秦野さん、その話を聞かせて下さい」といってメモ帳を取り出して話を聞くと、別室に入った。

それから二時間程するとオートバイの音がして、深代さんの原稿を持って帰った。翌日の「天人」には、その話が載っていた。

このエピソードを話してくれたのは東京新聞の文化部長、吉村俊作さん（芳村真理さんの兄）である。吉村さんは、

「いやあ、深代さんはすごい記者でしたよ」

といっていた。

次は深代さんが亡くなって十年以上たってからのことである。

京都に個人の美術館ができたというのでオープニングにいくと、女優の新珠三千代さんの妹に紹介された。「朝日新聞編集委員」の名刺を渡すと、

「朝日の方ですか。朝日新聞の深代さんには、姉が大変にお世話になったんです」

といわれ、深代さんのつき合いの広さにあらためて驚いたことがある。

「天人」を書くのは、そういう記者だと思っていたから、Kを誘った。

ところがKは、

「いや、川村さん、僕はいいですよ」

というではないか。

日本に司馬さんと会いたくないという人間がいるとは、考えたこともなかった。まして記者である。二の句が継げず、Kには「そうか」というのがやっとだった。

司馬さんが亡くなられて一カ月程してからだったか。定年になった先輩の編集委員の送別会にいくと、中江利忠・社長が手招きする。何事かと思っていると、

「君が書いた『評伝』は面白かったな」

といわれた。

社長は二月十三日、たまたま大阪にいて、大阪朝日の夕刊を読んでいたらしい。

社長に誉められれば、悪い気はしない。

「ありがとうございます」というと、社長はいった。

「でも、どうして東京は使わなかったのかなあ」

これはまた、考えもしなかった質問である。

社長なら、編集局長なりに聞けばよい。電話一本でわかるはずだ。少なくとも、書いた記者に聞くべきことではない。

このときもまた二の句が継げず、「そうですね」というしかなかった。

全くの偶然だろうが、司馬さんが亡くなると、朝日新聞社出版局では「まさか」と思うようなことが、次々と起こった。

その一つは前にも書いたように、文藝春秋から花田紀凱氏を招いて新雑誌を委せたことである。さらには「週刊朝日」が消費者金融の「武富士」から五千万円をもらっていた件（後に返金）である。「週刊朝日」と朝日新聞社の信頼を著しく傷つけた。

そのときの編集長は定年になる前に退職金の割増しをもらって退社し、社長は辞めたが相談役で残った。

もし司馬さんが健在でこのことをお知りになったら、「街道をゆく」の連載を続けられたろうかと、考えることがある。

Ⅲ　僕の文章修業

――2007.5〜2008.10

憧れの名文記者

二〇〇七年二月に創刊八十五周年を迎えた「週刊朝日」は、今の山口一臣編集長が第四十一代で、僕はその九代前、第三十二代編集長だそうである。

「そうである」と、他人事のように書いたのは、一九八九年に編集長になったとき、自分が何代目になるのか、「朝日新聞社史」などで調べたことがあった。

しかし、二、三年おいて二度目の編集長を務める人がいたりして、数えるのが面倒臭くなった。それきり忘れていたのだが、そんなことはどうでもいい。山口編集長が書く「編集後記」に続けて、「編集後記の後記」を書いて下さい、といわれた。

理由は、

「『週刊朝日』がよく売れていた時代を知る最後の編集長だから」

ということだった。

「週刊朝日」は、心のふるさとである。そこに「編集後記の後記」という、聞いたこともなければ考えたこともない文章を書かせてもらえる。

こんなにありがたい話はない。名誉である。

注文は、一回が三百六十字で四回連載。

この文字数で毎回、かっちりした読み切りの読み物を書くのは、簡単なことではない。

注文を受けてから何日間か、編集長時代のことばかりではなく、社会部から「週刊朝日」に異動になったときからのあれこれを思い返すことになった。


社会部の遊軍から「週刊朝日」に異動になったのは、一九七五年の六月だが、異動を命じられたときは、気分が滅入った。

そのころ、社会部は有楽町にあった本社の三階、雑誌の編集部は五階にあった。同じ建物の中でたった二階上がるだけなのに、おそろしく遠いところにいかされるような気がした。

新聞記者に憧れて入った会社なのに雑誌にいくのは、島流しにされた気さえした。

救いは編集長が涌井昭治という人だったことである。

涌井さんは「花のニッパチ」といわれた昭和二十八年入社組の一人で、「天声人語」の深代惇郎さんや辰濃和男さんとは同期の入社。社会部の遊軍時代に数々の名作を書き、デスクになってからは東京版で次々と面白い企画を考え、「涌井東京版」といわれる程の紙面を作った。

憧れの名文記者の一人だったうえに、編集長になってからも、落ち込んでいた「週刊朝日」の部数を伸ばしていた。

涌井さんは「週刊朝日」の部会で僕のことを、

「社会部遊軍からきた川村君です。軟派のチャンピオンだよ」

と紹介した。

断っておくが、ここでいう「軟派」とは、遊び人やプレーボーイという意味ではない。役所の話が出てくるような記事ではなく、街ダネや人ものの記事のことである。

涌井さんがおだて上手で人を使うのがうまいことは、知っていた。それでも「チャンピオン」といわれたことは、正直、鼻をヒクヒクさせたくなる程、嬉しかった。

ところが——社会部では遊軍席のソファーでゴロゴロしていても、テレビ画面に「ニュース速報」のテロップが流れると、すわ一大事とばかりにメモ帳を手にした記者たちがテレビの前に集まる。そして確認を取るために、受話器に飛びつく。

しかし「週刊朝日」の編集部では、締め切り当日でもないかぎり、そんなことをする記者は一人もいない。

はじめのころは、

「何だ、この連中は。こんな事件があるのに、ニュース速報も見ないのか。お前らも記者の端くれだろう」

と、半ば軽蔑しながらせっせとメモを取っていた。

気持ちがすぐ表情に出る方だから、きっと汚いものでも見るような目をしていたに違いない。

つくづく申し訳ないことをしたと思う。

しかし特ダネは別として、週刊誌は第一報を売り物にするメディアではない。

発生から一週間後に、世間がその事件や事故のどういうところに興味や関心を持っているか。そこに焦点を絞った続報、詳報が命のメディアである。

テレビのニュース速報にかじりつくことなど、必要なかった。

社会部にいたとき、年末に出る「週刊朝日」に、毎年楽しみにしている読み物があった。

その年に流行った歌謡曲の歌詞を織り込みながら、一年間の主な出来事を回顧していく。それが四、五ページ。絶妙な筆致に感心して読んでいた。文章の最後に、

「本誌・池辺史生《いけべふみお》」

とある。

こういうものを書くことができるようになるには、何年かかるのだろう。長い間、そう思っていた。ところが、池辺さんは僕とはほとんど年が違わなかった。

これはショックだった。打ちのめされた気がした。

しかも、筆致からして見るからに才気煥発で、鋭利な刃物のような人なのだろうと想像していたのだが、これも大外れだった。

温かでおおらかな人柄がそのまま顔に出ていて、着ているものも、都会的ではない。三十を少し出たばかりなのに、横丁の御隠居風だった。

しかし今から考えれば、「見るからに才気煥発」と思ったのはこちらに読解力がなかったせい

で、書いたものを丁寧に読めば「文は人なり」、御隠居風は見抜けたはずである。本当に未熟だった。

池辺さんとは、はじめて会って何日もしないうちに、

「池ちゃん」

「二郎さん」

と呼び合うようになったが、池ちゃんは文章がいいばかりではなく、誠実な人柄で社外の筆者たちにも愛されていた。

サトウ・サンペイさんも山藤章二さんも東海林さだおさんも、後には安野光雅さんや司馬遼太郎さんにも、

「池ちゃん、池ちゃん」

と呼ばれ、頼りにされていた。

しかし、あきれたり驚いたり、感心ばかりもしていられなくなった。初仕事が回ってきたからである。

部会に出ると涌井編集長から、

「川村、お前は元暴走族だろ。暴走族ルポ五ページな」

といわれた。

元暴走族とは人聞きが悪い。しかしこういう言い方をするのが、涌井流だった。

誤解のないように書いておくと、新人記者時代、僕は一九六二年型MGA一六〇〇MKⅡというイギリス製の二人乗りのスポーツ・カーに乗っていた。

外車、それもスポーツ・カーは日本にそう何台もなかった時代だ。今のフェラーリよりも珍しかったかもしれない。

学生時代はそれで湘南海岸を走り回っていた。スピードを出しすぎて白バイに追いかけられたが、スピードは白バイより出たから、ネズミ捕り以外、つかまったことはない。それだけのことで、暴走族だったことはない。群れを作るのは子供のころから大嫌いだったから、暴走族グループに入ることなど、考えたこともなかった。

取材には少し苦労したが、「蛇の道はヘビ」のようなところもあったから、面白い材料が集まった。

問題は五ページである。

そのころ「週刊朝日」の一ページは、一行十五字で百行入った。五ページは五百行である。新聞では百二十行も書くと、「力作」「大原稿」といわれていた。僕もそれ位のものは書いたことはあるが、五百行は書いたことがない。

書き始めてはみたものの、たちまち筆が止まってしまった。雑誌に書くことになって最初にぶつかった壁は、長文を書くことの難しさだった。本格的な文章修行の始まりだった。

「長い文章」の重圧

社会部から「週刊朝日」に移って、編集長の涌井昭治さんには、「軟派のチャンピオン」といってもらえたものの、「池ちゃん」こと池辺史生さんのようなものは、逆立ちしても書けそうにない。

池ちゃんは、芸や技を持っている。しかし、僕には芸や技と呼べるようなものがないからだ。ただ、社会部遊軍のときに書いたものの中には、編集委員の疋田桂一郎《ひきたけいいちろう》さんや論説委員の深代惇郎さんに認められたものも、いくつかある。「チャンピオン」は明らかに褒めすぎだが、若い書き手の一人として、そこそこの評価はもらっていた。

疋田さんも深代さんも亡くなられたが、お二人とも朝日新聞を代表するスター記者である。僕らの時代、いつの日かこういう文章を書ける記者になりたいと思って朝日の記者になる若者が数多くいた。

僕らにとっては憧れの先輩というより、「神様」といってもいい存在だった。実際、後光がさしているように見えたこともある。

当時は署名を許されるのは選ばれた記者だけだったから、書いたもので神様に認めてもらうのは、容易なことではない。

ところが、社会部のデスク席にふらりと現われた深代さんが、社会面の記事を指さして、

「これ書いたの、君だろ？　面白かったよ」

といってくれることがある。

直立不動で、

「はい、ありがとうございます」

といって頭を下げるのが精一杯だったが、今ならさしずめ、ガッツ・ポーズである。

もちろん、そういうことは、そうそうあることではなかったが、社会面に書いた作家、吉田健一さんの話は、その一つだった。

「作家」と書いたが「文士」という肩書の方がぴったりくる人だった。

肩書はともかくとして、吉田さんの名前は中学生のころから耳にしていた。たぶん、父が母にする吉田茂首相の話の中に出てきたのだと思う。

そのうち、外套にソフト帽の写真を見たり、貧乏を楽しんでいるらしいことや、クイーンズ・イングリッシュの大変な使い手であることを知った。

著作を読むようになったのは大学生になってからだが、最初はウナギのようなというか、九十九折りのようなというか、大河のようなというか、読点を打たずにうねうねと続く文体に面食らった。

しかしいったんそのリズムに慣れると、心地よくなってくる。心地よくて、震動の優しいマッ

サージ器の付いたソファーに身を任せているような気分になる。

それがたまらなく好きで、評論から小説、随筆まで、ひと通り読んだ。

しかし代表的な評論『ヨオロッパの世紀末』など、読んだことはもとより、見たことも聞いたこともないヨーロッパの作家やその作品を論じているので、さっぱりわからない。

わかったことといえば、

「オレは何と無教養なのだろう」

ということだけである。

それでも、記者になってからも読み耽ったのは、文体の心地よさと、読み終えたときに豊かな気持ちがして、それまでよりいくらか上等な人間になったような気分になれるからだった。

『瓦礫の中』とか『絵空ごと』とか『金沢』といった小説は、特にそうである。

しかし、それ程売れる人ではない。

そう思っていたら、文壇の長者番付で三位になった。一九七〇年のことである。

何があったのか知りたくて、お宅にうかがって二時間近くお話を聞いた。

吉田健一さんの著作から僕が学んだことの一つは、

「日本では文学の方が落語より上等と考える人が多いようだが、文学も落語も、いいものであればどちらも心が豊かになる。比較しても意味がない」

ということである。

吉田邸の居間に通されると、壁には奥村土牛《おくむらとぎゅう》の絵、グランド・ピアノの上にはショパンの楽譜、テーブルには長谷川町子のマンガ『いじわるばあさん』が広げてある。

「そうか、いいものはいいとは、こういうことか」と思った。

そんなことや、大金は亡くなった父、吉田茂元首相の遺産を処分したお金で、

「うちは借金が多かったから、それを全部きれいにしたら元の木阿弥です。早く仕事にもどって稼がなければいけないので、インタヴューはこの辺で」

という話を、文字数にして千字ばかりの原稿にした。

吉田健一さんの洒脱で浮世離れしたような生き方が面白い、と思われたのだろう。第一社会面の真ん中の、大きな囲み記事になった。話題ものとしては、破格の扱いである。

他の新聞は書かなかったから、一種の特ダネになった。しかし夜討ち朝駆けをした特ダネではない。目のつけどころが変わっていただけのことである。

これで「変わったものを書く奴」と思われたらしい。朝刊の社会面に毎日、小さなコラムを書くチームに入れられた。

チームといっても、取材して書く四人とネタを探す担当が一人の、小さな所帯である。コラムにはタイトルがなく、代わりに、人間の顔をデザインした絵がカットになっていた。

コラムは、取りあげる人物や事柄が広く知られていることと、必ず日付けの入ることを条件にしていたが、始まってしばらくすると、深代さんや疋田さんよりさらに先輩の門田勲さんから、

「社会面に久しぶりに読むところができた」

と、お褒めをいただいた。

しかし、今なら「そんなバカバカしい話より、書くべきことは他にあるだろう」といわれそうな話ばかりである。

しかしもともと、正義の味方「月光仮面」のふりをしたりするのが嫌いだったし、大事なことより面白い話の方が好きだったから、「走れコウタロー」が流行っていると知れば、日本中の競馬場に電話をして「コウタロー」という名前の馬を探し出し、出走する日に岩手県の水沢競馬場に取材にいって書いた。

「コウタロー」は八頭立ての七着に終わるのだが、その日、水沢には初雪が舞い、調教師が鼻水をすすりながら「来年、またな」といって、馬と慰め合う。そんな記事である。

これは社内だけでなく、週刊誌「女性自身」も「編集後記」で「面白い記事だ」と書いてくれた。しかしこれは、行数にして四十七行、七百字足らずのコラムである。

新聞で一番長く書いたといっても、百五十行前後である。それが「週刊朝日」に移っていきなり「暴走族ルポ五ページ」といわれた。五ページといえば、五百行である。金魚鉢から池に放された金魚のようなものである。

暴走族を取材して面白い材料を集めることはできたが、どうすれば五百行、七千五百字にできるのか。そんなに長いものは、書いたことがない。見当もつかない。

見ていると、池ちゃんをはじめ書きなれた編集部員たちは、一枚が一行十五字詰めで十行の原稿用紙に書いた原稿を、バサリとデスクに渡している。

社会部でも、企画もののときはマス目の原稿用紙を使うことがある。しかし長くても百行、十枚程度である。

十枚ならハラリだが、三十枚、四十枚となると、バサリと音からして違う。その音を聞くだけで、自信がなくなった。

原稿用紙に向かっても、なかなか五百行にならない。締切り日より何日か前から書き始めたからよかったものの、もし前の日から書いていたら、徹夜しても締切りに間に合わなかったろう。五里霧中。暗中模索。試行錯誤。不眠不休。疲労困憊。何とか間に合って活字になると、編集長の涌井さんは定例の部会で、

「はじめてにしては上出来だな」

といってくれた。

いきなり長いものを書かされたおかげで、コツらしいものを一つ覚えた。

五百行を大きな一つの塊とは考えず、集めた事実、ドラマ、エピソードの一つひとつを小さな塊と考え、小さな塊をつないでいけば大きな塊ができる――ということである。

しかしそれは、文章修行のほんの入口だった。小さな塊を退屈しないで読んでもらうためだけでも、いろいろなチエや工夫が必要だった。

福岡総局時代

東京本社社会部の遊軍に「涌井昭治」という書き手のいることを知ったのは、入社して四年目。福岡総局にいたときだった。

正確にいうと、昭和四十三年のことである。

そのころ東京本社発行の朝日新聞は、一日遅れで福岡総局に届いた。東京が恋しくてしかたなかったから、毎日、むさぼるように読んだ。

一読、たちまち魅了されたのが夕刊第二社会面の連載コラムだった。コラムの名は、「山手線」

といい、山手線の各駅を中心にした面白い話が、簡潔な文章で書かれている。

写真や街の風景のイラストといった飾りは、いっさいなし。コラムの目印は、山手線のキップの、とりあげた駅名のところにハサミが入ったカットだけである。

当時、有楽町駅はフランク永井の「有楽町で逢いましょう」が流行ったこともあって、最も華やぐ駅だったが、「山手線・有楽町駅」の第一回は、次のように始まる。

「午前四時。新聞の最終版をのせたトラックと入れちがいに、近県近郊から、ブタのエサ屋の車が現れて有楽町の朝がはじまる。銀座・有楽町界わいでその数、十五台あるいは二十台ともいわれる」

残飯の中にはグラスのかけらや割り箸やタバコの吸いがらが混ざっている。

「そこでエサ屋たちは、静まり返ったヤミの中で、それこそブタの身になってこれらの混ざり物を、すばやく、手ぎわよく取除いていく」

住宅地から繁華街に変わりつつあった原宿駅の回は、利用者が駅の花壇に花の苗を植えていく話を紹介し、次の一行で締め括る。

「原宿駅長は、花のいのちもあずかっている」

正体不明の街になった新宿駅の回では、ある新宿ホステスの家計簿を材料に彼女のつましい暮らしぶりを書いてから、

「コンクリート・ミキサー車という車がある。現場から現場へ機械を寸時も休めようとしない。勤勉で、健康で、疲れを知らぬ彼女らの姿は、ミキサー車にどこか似ている」

と結ぶ。

毎回こういう調子で、ときどき、効率化の名のもとに消えようとする名人芸の持ち主が登場する。文明批評にもなっている。

一日遅れで届く新聞の「山手線」をワクワクして読みながら、涌井昭治という書き手への憧れは、強くなる一方だった。

幸いだったのは、福岡総局の社会部デスクに馬場《ばば》博治《ひろはる》さんがいたことだった。

馬場さんは言葉と文章にやかましく、原稿を出すと、別物のようによくなる。直してもらうのを見ているのが、楽しかった。

福岡にくる前は東京社会部の遊軍だったから、「山手線」の筆者をよく知っている。「涌井昭治」という名を知ったのは、このデスクの口からだった。

夕刊当番の日、馬場デスクは午後二時すぎに締め切りが終わると、コーヒーに誘ってくれる。文章のうまい人のそばにいて同じ空気を吸っていれば、それだけで文章がうまくなれると思っていたから、声がかかれば何をおいてもついていった。

そして、

「涌井昭治は『涌ちゃん』と呼ばれていてな。深代惇郎と同期の入社で、深代とも仲良しなんや。ごっつう取材するええ記者でな。文章がまたうまいんや。短いもの書かせたら、ナンバーワンとちゃうか」

といった話に聴き惚れていた。

ある日、馬場さんを囲んで話していて、福岡でも「山手線」のような、連載コラムを始めようという話になった。

といっても、九州には山手線のような環状線がない。

しかし環状線はないが、3号線とか10号線とか、国道が何本も走っている。国道沿いの街を中心に話題を集めていけばできる、ということになった。

コラムのタイトルは「ドライブ・イン」と決まり、数人の取材チームが編成された。担当デスクは、もちろん馬場さんである。

運良くその一員になることができたが、この連載で、馬場デスクに一度で原稿を通してもらえたことはなかった。何回か、再取材ということもあった。

馬場さんは、

「あかん。おもろない」

というだけである。

どこをどうしろとは、決していわない。とことん、考えさせる。

筑後川が有明海に注ぐところに大川という市がある。古くから家具職人の街として知られる土地だが、そこで腕のいい老職人をつかまえ、たっぷり話を聴くことができた。

仕上げたばかりの桐簞笥にさわらせてもらった。

名人といわれる人の作ったものだけあって、建て付けがいいから、気密性が高い。

抽き出しを出してもどそうとすると、空気抵抗がある。強く押すと、簞笥の中に閉じ込められた空気が逃げようとして、別の小さな抽き出しを押し出す。

手に伝わってくる空気の抵抗を言葉で表わすのは、容易ではない。

このころには何がおもろくて、何がおもろくないか、少しわかるようになっていたから、書いては読み直し、読み直しては書き直すことが苦痛ではなくなっていた。

苦痛どころか、楽しいと思うことさえあった。苦しむことを楽しむなんて、おれはマゾヒストかもしれない。そんなことを考えるようにもなっていた。

何回も何回も書き直し、自分なりに納得がいったところでデスクに出す。

原稿を受け取るときの馬場さんは、大御馳走を目の前にしたような、とろけそうな顔をする。

「原稿に朱を入れる」という言い方のあることを考えると、もともとは赤鉛筆で直しを入れていたのかもしれない。しかしそのころは、デスクは青鉛筆で直すことがふつうになっていた。

馬場さんが青鉛筆で句読点や一字下げや改行の印をつけていく。言葉遣いはほとんど直しがなくて、

「二郎ちゃん、おもろいやないか」

といわれることがある。

そのときの嬉しさといったらない。マージャンで役満をあがったときなど、問題ではない。至福の瞬間だった。

その後で喫茶店にお供する。

馬場さんはある場面を描写するときに使った言葉を一つ一つ取り上げ、なぜその言葉を選んだのかを的確に指摘する。まるで頭の中をのぞきこまれているような気になってくる。

なぜそこまでわかるのか、不思議でしょうがない。しかし聞いても、

「文章いうもんはな、そういうもんなんや」

といわれるだけである。

それから二十年程して「週刊朝日」のデスクになり、若い記者の原稿を見るようになったのだが、昔の馬場さんのように、若い記者がどういうところに苦しみ悩んだのか、何となくわかるようになった。

文章で苦労したことのある者には、後輩の苦労がわかるものなのだろう。

「文章はそういうもんなんや」ということがわかるのに二十年かかったわけだが、幸運だったのは、記者になって四、五年しかたっていないときに馬場さんのような眼力と腕を持つデスクにめぐり合えたことである。

昔、寿司の「すきやばし次郎」の親方、小野二郎さんに、

「いい寿司職人になるには、最初に一流の親方につかないとダメなんですよ」

といわれたが、文章についても同じことがいえるのかもしれない。

馬場さんは「ドライブ・イン」の連載が終わると、論説委員となって福岡を離れた。

ほぼ同じころ、東京社会部は二つに分かれ、一つはそのまま社会部を名乗り、新しくできた部は「首都部」になった。大まかにいうと、社会部は警視庁や文部省などのクラブ詰め、首都部は決まった持ち場のない遊軍の集まりだった。

首都部には涌井昭治さんをはじめ辰濃和男さんや小松錬平《こまつれんぺい》さんなど、スターライターといわれた記者がデスクになっていた。

一九七〇年二月、願いがかなって福岡から首都部に異動になった。

憧れの涌井さんに挨拶すると、

「お前さんのことは馬場やんから聴いてる」

といわれた。

涌井さんは小柄で髪がフワフワと柔らかそうで、キューピーのような人だったが、目には胸の奥底まで見抜かれそうな鋭さがあった。

平凡に書く

一九七〇年の春、東京に転勤してきて最初の仕事は、三方面《さんほうめん》のサツ回りだった。

東京は二十三区内の警察署が七つの方面に分かれていて、渋谷、目黒、世田谷三区の警察署をまとめて三方面といった。

記者クラブは渋谷警察署の中にあり、三方面の警察署の管内で事件や事故があると、警察署から記者クラブに連絡が入るようになっている。

今のように物騒ではなかったから、記者クラブに一日中いても、一行も記事を書かないこともある。

クラブに詰めていても退屈なので、他社の記者に何か起こったら電話をくれるように頼んでおいて、街をブラついたり、家でゴロゴロしていることが多かった。

丁度ポケット・ベルが出回りだしたころで、記者はみんな持たされていたから、どこにいても連絡がつくようになっていた。

ある朝、ポケベルが鳴ったので記者クラブに電話をした。

ラッシュアワーの山手線渋谷駅で、女性がホームから線路に落ちた。駅員が線路に飛びおりて女性を抱えてホームの下の隙間に入り、二人とも間一髪、無事だった。そういうことがあったという。

大急ぎで渋谷駅に行き、助けた駅員やホームの売店の人たちなど、救出劇を目撃した人たちの話を聞き、まるで一部始終をその場で見ていたように書いた。

能因《のういん》法師は「見てきたようなウソ」を詠んだらしいが、「聞いた事実を見ていたように」書いたわけである。文字数にして千字弱の記事は、夕刊の社会面に大きく載った。

その日の夕方、本社のデスク席にいくと、その記事が話題になっていた。各部のデスクが集まって開く紙面の反省会で、

「この記事は最後まで読まないと、線路に落ちた女性が助かったのかどうか、わからない。これは記事になっていない」

というデスクが多く、よくない記事の例として、話題というより問題になったらしい。

「これでいい」といってくれたデスクも少数いたらしいが、僕自身は——大きな活字の見出しを読めば、二人が助かったことはわかるではないか。記事を最後まで読んでもらえるのは、記者冥

利というものだろう。チャンスがあったら、また書いてやろう――と、思っていた。

そんなことがあって、

「人が書きそうにないものや、人がしない書き方をする奴だ」

と思われたらしい。

朝刊の社会面に連載するコラム担当チームに入った。前にも書いたが、社会部の大先輩の門田勲さんに、

「社会面に久しぶりに読むところができた」

と、お誉めをいただいたコラムである。

実際に取材をして書く記者が四人の他に、ネタ探し役が一人、計五人のチームで、担当デスクは亡くなった瀬戸口正昭さんだった。

瀬戸口さんは深代惇郎さんや湧井昭治さんの少し先輩で、カイロ特派員やパリ支局長を経験していた。その時期に書かれたものは、学生時代に読んでいる。憧れの記者の一人だった。

通称「瀬戸さん」は目鼻立ちが歌舞伎役者のようにくっきりとしていて、男前だった。机の前に座っていると、威厳があった。

コラムに、富士スピードウェイで開かれる自動車レースを書いたときのことだ。

そのレースには、ポルシェの最新型のレーシングカーが、日本ではじめて走ることになっていた。ドライバーは会社社長の御曹子の大学生で、ポルシェは彼がドイツから輸入したものだった。

Kという名の好青年で、年の近いTという名の若者を専属のメカニックにしていた。Tはマイカーとは縁のない家の出。車好きが昂じてエンジンの修理や調整を勉強し、レーシングカーのメカニックになった。レースを離れても、仲の良い二人だった。

KやTやその周辺の人たちに何日か前から話を聞き、レース当日に備えた。レースの結果を入れてKとTとポルシェの物語をコラムに書くことになっていたからで、念のため、カメラマンには白いポルシェの走っているところを写真に撮ってもらっておいた。レース当日、スタートの三時間ほど前に富士スピードウェイに着くと、様子がおかしい。顔見知りをつかまえて何があったのか聞くと、

「Kのポルシェが練習中に、Tをはねて死なせてしまい、Kはレースに出ないことになった」

というではないか。

一瞬、血の気が引いた。

Kのポルシェが走らなければ、コラムは書けない。

九州で六年間記者をしていたとはいえ、東京では一年坊主である。連載に穴があくようなことになったら、どうしよう。

真っ青になってデスクに電話で事情を説明した。瀬戸さんはフンフンといいながら説明を聴き終わると、

「二郎ちゃん、白いポルシェがどうして走らなかったか、それを書けばいいんだよ。申し訳ない

ことだけど、その方が一層ドラマティックじゃないか」

といった。

確かにその通りである。目からウロコとはこのことだ。

今読み返すと、

「白いポルシェは走らなかった」

という書き出しからして独りよがりで、ちょっとキザな感じはあるが、読み物にはなっている。

瀬戸さんという人は、ただ
「文の主語は文頭に置くのがいい」

という考えの持ち主だった。

僕はそれがたまらなくいやだった。ヤボの骨頂のような気がしたからだ。

ちょっと気取ったつもりになって、主語を文の途中に書いて出す。その度に瀬戸さんは、

「二郎ちゃんよ、文の主語はな」

といって直されるのだが、いうことは聞かなかった。

幸い瀬戸さんは最初のゲラに目を通すと、「後は頼むよ」といって引き揚げる。

引き揚げたのを見計らってゲラを取り寄せ、主語の位置を元にもどして得意になっていた。

元にもどしたことは翌日の紙面を見れば、わかることである。しかし瀬戸さんは何もいわない。

それをいいことに、ずっとそうしていた。

こうして書いていても、己の未熟さに穴があれば入りたい気持ちになる。

瀬戸さんの考え方の方が、正しいと思うからだ。正しいというのが適切でなければ、読者にとってその方が親切だからである。

若いころは、「お前は文章がうまいな」といわれたくて、一生懸命に人と違った書き方をしようとしていた。

文字通り若気の至り、汗顔の至りというやつで、文章はうまいかどうかより、肝心なことは、面白いかどうかである。

少なくとも新聞や雑誌に書くものは、面白いことが、読みやすくわかりやすく書かれていなければならない。そうでなければ、商品としての価値がない。

社会部から「週刊朝日」に移り、丸谷才一さんをはじめ錚々《そうそう》たる文章家と接するようになって学んだことの一つは、そういうことだった。

商品にするためには、何の予備知識がなくても、読む人がスラスラとわかるように、変わった書き方はせず、平凡に書くのがいい。

平凡に書くことの一つがたとえば、

「文の主語は文頭に置く」

ということである。

「週刊朝日」のデスクをするようになって、平凡に書くことの大切さが、さらによくわかるようになった。

そのころ瀬戸さんは役員になって、朝日新聞名古屋本社代表のポストにあった。

僕は若気の至りの数々の非礼を詫び、手紙に
「昔、瀬戸口さんにいわれたことを、今、若い人たちに話しています」

と書いて出した。

新聞記者のかかりやすい〝病気〟

三方面のサツ回りは、三カ月足らずで卒業した。正確にいえば「卒業」ではなく「退学」あるいは「除籍」というべきかもしれない。

サツ回りの同僚の中には、朝早くから警察署に張りついていて、夜は夜で、遅くまで夜討ちをする記者がいる。

一晩に走行キロ数が百五十キロを超えるほど、丹念に回る記者もいた。

なぜ走行キロ数まで知っていたかというと、朝日新聞社出入りのハイヤーの運転手さんたちの中に仲良しが何人かいて、その人たちから、

「川村さん、二方面担当のBさんはすごいですよ。多摩の方のサツ官の家の次に、千葉の方のサ

ツ官の家にいくんです。一晩に百五十キロ以上走りますよ」

と聞かされていたからである。

それにひきかえ、僕ときたらサツ回りなのに夜討ちも朝駆けもしない。「事件、事故の発生ものは、通信社の記事を買えばいいじゃないか」と思っている。

こうして書いていても申し訳ない気持ちがして、汗が出てくる。よくもまあこんな身勝手な記者を〝飼って〟いてくれたものだと思う。

警察官の中にも、面白い人はたくさんいたはずだ。「週刊朝日」で知遇をえた作家や音楽家や学者の方々と同じように丁寧につき合っていれば、世界はもっと広くなっていたかもしれない。失礼なうえに、もったいないことをしたものだと思う。

それはともかくとして、朝日新聞社にはいい具合いに、人を見る目の確かなデスクや部長がいたのだろう。僕の知らないところでデスクか部長が、

「川村二郎は好きにさせておく方が、会社にとっても得だろう」

といってくれたのに違いない。

サツ回りをはずれて社会部遊軍になった。いってみれば〝放し飼い〟である。

ありがたかったのは、憧れの涌井昭治さんが社会部デスクとして、社会面一ページを担当していたことである。

涌井さんには、東京版デスクをされていたときに、何回か原稿を見てもらったことがある。勉

強になることが多かった。

しかし社会面一ページとなると話が違う。東京版の記事は、東京都内の読者にしか読んでもらえない。しかし社会面は、全国の読者の目にふれる。東京版より、長いものを書くこともできる。しかも涌井さんに見てもらうことができる。こんなに嬉しいことはない。

一九七〇年代はじめ、世の中は好景気で、大学生の就職は、完全な売り手市場だった。

中でも東大生は、引く手あまただった。

東大生の中に、はじめから入社する気などないのに、地方の有名企業の入社試験を受けにいく学生がいた。東大生というと、ほとんどの会社が交通費と宿泊代をもってくれる。

学生が受験する目的はただ一つ、「アゴアシ付き」で物見遊山をしてやろう、ということである。誉められたことではない。しかし面白い現象である。

何人かそういう東大生をつかまえ、話を聞いて記事にした。

そんな学生たちは、名前を出すわけにはいかない。まとめて「就職ゲリラ」と勝手に名づけたのがよかったのかもしれない。涌井さんも面白がって、ほとんど朱を入れずに通してくれた。そして社会面の半分近くを占める大きさで扱われ、ときの社会部長には、

「この記事、おもしろいねえ」

といってもらった。

テレビ局の人の目も引いたようで、フジテレビの「小川宏モーニング・ショー」が大きく取り

あげた。

「就職ゲリラ」に味をしめ、「花ゲリラ」の話を書いたのは、「余暇」という連載をしたときだった。

当時、「増大する余暇をどう過すか」が話題になっていた。「レジャー」という言葉がしきりにいわれ始めたころである。「余暇」の企画は、

「小人閑居して不善をなすとならないように」

というのが狙いだった。

約一カ月間の連載で、取材チームには社会部のほかに経済部や運動部の記者が入っていた。

「官僚のサムライ」といわれた佐橋滋・元通産事務次官に講師をお願いして勉強会をした。

デスクは青木利夫さんという、海外特派員の経験の豊かな人だった。顔が小さくてスラリとしていて、トラディショナルなスーツを着ている。ダンディーを絵に描いたような人だった。

父上は医師で、巨人の大投手、スタルヒンの主治医をされていたそうだが、立居振舞が日本人離れしていて、外国人と談笑する姿が似合った。

文章もソフトで、洒落ていて含蓄があり、しかも平易。魅力的だった。ことに「特派員メモ」のようなコラムは絶品だった。読むたびに、「いつかこういうものが書けるようになりたい」と思っていた。

こういう人に原稿を見てもらうことは、そうそうあることではない。勇躍ネタ探しにかかり、

いい話を聞き込んだ。

東大農学部の名誉教授が、「御茶ノ水駅」の周辺の殺風景な土手にきれいな花のタネをこっそりまいておき、花が咲いたときにびっくりする人たちを見て、喜びとしている、という。

余暇の過ごし方として、こんなに風雅なものはないだろう。早速、名誉教授のお宅にうかがって話を聞き、「御茶ノ水駅」の人や、駅の周りの人たちを取材した。

ところが名誉教授は「密かな楽しみなので、名前は伏せてください」といわれる。考えてみれば、もっともである。

そこで思いついたのが「花ゲリラ」という言葉だった。

前文では名誉教授がタネをまいていることを簡単に紹介し、「ゲリラは名を秘す。花ゲリラは優雅な余暇の過ごし方ではある」と書いた。

デスクの青木さんは原稿を読み終えると、笑顔で、「過ごし方ではあるの『は』は、考えたうえで書いたのですか?」といった。青木さんは僕らに話されるとき、詰問調や命令調で話されることのない人だった。

よくぞ聞いてくださったとばかり、「はい。『である』より『ではある』の方が、ぴったりすると思いました」と答えた。実際、考え抜いた末にそう書いたからだ。

青木さんは「そうですか。ただ何となくなら削ろうと思いましたが、考えてそうしたのなら結構です」といって、そのまま通してくれた。

今でも青木さんにお会いすると、「ではある」を思い出すのだが、この「は」は、若気の至りだった。今なら、まず使わないだろう。筆者の思い入れを感じさせ、押しつけがましい気がするからである。

「花ゲリラ」の記事は「週刊朝日」で書評ページを担当するようになり、丸谷才一さんのお宅に書評の原稿をいただきにあがった折、今考えると何と図々しいことをしたかと後悔するのだが、読んでいただいた。

丸谷さんはさっと目を通されると、

「こういう前置きはいりません。面白い話は、さっさと本題に入るべきです。次からはそうするようになさるといいですよ」

といわれた。

前置きというのは「ゲリラは名を秘す」という前文の事である。

新聞では、見出しで要点を、前文で簡単な要旨を、本文で全容をと、三段構えで伝えることが習慣になっている。今でもそうである。

しかし丸谷さんの言われるように、花ゲリラのような人間ドラマには、前置きはいらなかった。前置きで宣言などせず、名誉教授が何を考え、何をしているのかを書き、最後に「密かに花ゲリラを自称している」と書けばよかった。

花ゲリラで学んだことは、二つある。

人が主役のドラマを書くときは、前置き、総論に類するものはいらない。さっさと本論、本題に入る方がいい、ということが一つ。

もう一つは「ではある」は思わせぶりになる。「である」とあっさり書く方がいい、ということである。

この二つは、とかく新聞記者がかかりやすい一種の病気だ。丸谷才一さんや青木利夫さんのおかげで、僕は若いうちに治すことができた。

社会部・辰濃デスク

社会部の記者時代、文章の書き方を教わったデスクにもう一人、辰濃和男さんがいる。

深代惇郎さんや涌井昭治さんと同じ昭和二十八年入社の、名文家である。

辰濃さんの書かれたものは、学生時代にたとえば朝日新聞日曜版の「世界名作文学の旅」などで読んでいた。

日曜版は母も大好きで、中でも深代さんと辰濃さんの熱心なファンだった。

スター・ライターの顔は、入社してしばらくしてもらった社員の写真帳で知っていた。しかし実際に見たのは入社して四年目、福岡総局にいたときだった。

福岡総局は現在、「福岡本部」と名前が変わりJR博多駅の前にあるが、そのころは福岡の銀座といっていい歓楽街の中洲にもタクシーで一メーターほど、福岡一の繁華街、天神の目抜き通りに面したビルの中にあった。総局の一階上は映画館で、仕事をサボってひと寝入りするのにときどきいった。

当時、朝日の紙面では「沖縄報告」という企画が連載されていた。復帰を前にした沖縄を何人かのチームで丹念に取材し、レポートするもので、そのリーダー格が辰濃さんであることは聞いていた。

恐らく沖縄に向かう途中、福岡に立ち寄られたのだろう。

ある日の午後、辰濃さんが、夕刊の締め切りの終わった福岡総局にひょっこり現われた。それはまさにひょっこりという感じで、総局の入口に人の気配がして目をやると、そこにすっと立っていた。

濃いウグイス色の上下そろいのスーツ。生地にシルクが入っているのか、光沢があった。そのせいか、後光がさしているように見える。絵に描いたようにスマートだった。

象の目のように優しい、少しはにかんだような目も印象的だった。

その姿は、身なりにかまわない社会部の先輩を見なれた目には新鮮な感じを通りこして、衝撃的でさえあった。

「あっ、辰濃さんだ」と思った瞬間、挨拶の言葉が出なくなり、直立不動で会釈するのが精一杯だった。

憧れの辰濃デスクの下で仕事をすることになったのは、昭和四十四年の十一月である。

新年の夕刊第二社会面で続き物をすることになり、各本社の社会部から記者を集めてチームができた。

その一員になったのだが、デスクは辰濃さんがすることになった。

連載のタイトルは「マンガの世界」。当時、大学生やサラリーマンがマンガを愛読するようになっていた。そういう世相を描こうというわけである。

福岡から出張してきて、有楽町にあった本社の会議室の打ち合わせに出ると、テーブルの真ん中に、象の目を眩しそうにしばたたかせている辰濃さんがいた。

席についている記者は六人だったと記憶するが、名前もわからない。それぞれに本社を代表してきた、という自負があるのだろう。傲然と胸を張っている。

簡単な自己紹介で、僕が最年少であることがわかった。気圧されした。位負けである。

三日程して、取材の成果を持ち寄ってまた打ち合せをした。それぞれが「こんな面白い現象があります」といって、メモ帳を開いて報告する。

それを辰濃さんは、ニコニコしながら黙って聴いている。ところがこっちは、面白い報告ができない。焦るばかりである。

会社には鵠沼の実家から通っていたのだが、父が「会社に近い方が何かといいだろう」といって、日比谷のホテルに部屋をとり、福岡からカミさんと一歳半の娘を呼び寄せた。本当の理由は、父が初孫の娘と一緒にいたかったからである。

原稿のメドが立たなくて不安でたまらないところに、家族がきた。冬のホテルは暖房が効きすぎて、部屋の中が乾燥する。娘がムズがる。

僕は寝不足と食欲不振で痩せてしまい、ノイローゼ状態になった。

チームからはずしてもらおうと思ったこともある。

カミさんに尻を叩かれ、サトウ・サンペイさんや東海林さだおさんといった人気のマンガ家と次々に会い、話を聴き、読者からのファンレターを見せてもらった。

原稿は文字数にして千字足らずだったが、思うように書けず、二晩徹夜して何とか書き上げた。

「動く。めまぐるしく動く」という書き出しで、ヒーローに自分を重ねてマンガを読むサラリーマンの心象風景を書いた。

「口さみしい男のチューインガム。心さみしい男のマンガ」のくだりは、自分では気に入っていた。

しかしデスクがどういうか。全く自信がない。取材からやり直せといわれたらどうしよう。当ても何もない。

入学試験の合格発表を見にいくような気分で会社にいき、辰濃さんに原稿を出した。

新年企画の特別な原稿なのでいつものワラ半紙を切ったようなのではなく、一行十五字で十行。隅に朝日新聞社と印刷されたマス目の原稿用紙である。

辰濃さんは手にした鉛筆で一行ずつ押さえながら、読んでいく。

何もいわない。黙ったままである。いいのかどうか、顔を見ていてもわからない。すぐそばに立って手元を見ていると、胃の辺りがスースーしてきた。車高の低いスポーツカーでデコボコ道を走ると、車の腹をすりそうで、腹のあたりを鋭いナイフの刃先でなでられているような気分になることがある。あの感じである。

眼光紙背《がんこうしはい》に徹するというと眼光炯々《けいけい》とした人の顔が浮かぶが、辰濃さんはそうではない。目も表情も、あくまでもおだやかで優しい。

しかし優しくても、どの程度の取材をし、どれ位の時間を使って考え、書いたのか。全てはお見とおし。まるで頭から足の先まで、全身のレントゲン写真を撮られているような気がした。

辰濃さんが読み終えて、

「僕はこれでいいと思います」

と静かにいわれたときは、体中の力が抜けていくのがわかった。

そのときの気持ちをたとえるとしたら、リトル・リーグの野球少年が、イチローにバッティングを見てもらい、

「ボク、うまいじゃないか」

といってもらったような、といえばいいかもしれない。

少年はそのとき生まれてはじめて経験する緊張感を味わい、神様イチローに認めてもらったの

である。何と幸せな気がしただろう。

さらに嬉しかったのは、深代惇郎さんから、

「あの連載は、君の書いたのが一番面白かったよ」

といわれたことだった。

その後も辰濃デスクには、福岡総局から東京本社に転勤になってから何度か原稿を見てもらうことがあった。

しかしマンガのときのことがあったので、腹をナイフの刃先でなでられるような気分にならなくてすんだ。それでもレントゲン写真を撮られているような感じは、変わらなかった。

それから二十年近くして新聞の編集委員をしていたとき、後輩の記者と文章の話をすると、決まって辰濃デスクの話をした。辰濃さんの名前は「天声人語」の筆者として知っていても、社会部のデスクをしていたことは知らない記者がほとんどである。

文章を磨きたいと思っている記者は、目を輝かせ、身を乗り出して聴いてくれる。そのころはもう、辰濃さんからじきじきに文章を教わった者はいなかったから、珍しかったのかもしれない。

「ところで君たち。原稿を出すときに緊張するデスクは、今、だれなの？」

と聞くと、顔を見合わせて肩をすくめる記者が多かった。

文壇バーで学ぶ

原稿が百行前後の新聞から三百行、五百行の週刊誌に移ってしばらくは、長い原稿に苦しむことが多かった。

しかし三百行、五百行といっても、四、五十行の話の塊が六個とか十個と考えればいいわけである。そこに気づいてからは、長い原稿に苦しむことが少なくなった。「習うより慣れろ」は、文章についてもいえることなのだろう。

そうはいっても、話の塊をなめらかに繋いでいくのは、やさしいことではない。繋ぐために使う接続詞一つをとっても、「けれど」か、「だが」か、「しかし」か、「ところが」か、どれにするかは一考を要するし、その前に、接続詞が必要かどうかを考えなければならない。

その作業は楽ではなかった。しかし面白かったし、楽しくもあった。接続詞一つでうんうん唸ったり、何本も煙草を喫ったりして、おれはもしかすると本当にマゾヒストかもしれない。そう思わないでもなかったが。

何にしても幸運だったのは、編集長が涌井昭治さんだったことである。

涌井さんは全編集部員が顔をそろえる週一回の編集会議で、できたばかりの雑誌の記事を、一本ずつ講評する。

おだてて人を使うのが上手な人だったから、けなすようなことはしない。しかし手抜きは見逃

さず、

「この点をもう少し突っ込んで取材するとよかったな」

と、やんわりと注文をして、ウィンクをする。何ともチャーミングだった。

とにかく、褒め方が滅法うまい。

記者が取材のどこで苦労をしたのか、我ながらうまく書けたと思っているのはどこか、そこをピンポイントで指摘する。

僕などは涌井さんの眼力を盲目的に信じていたから、「この人に認めてもらいたい」というのが、仕事の大きな原動力になっていた。

たまに、

「おい、ジロー。今夜つき合え」

といわれ、銀座に連れていかれることがある。主に文壇バーで、社会部と縁のない世界であることは、店に一歩足を踏み入れただけでわかる。

どんな人たちがいたのか、思い出せないが、大岡昇平さんと中野好夫さんは記憶にある。

中野さんの名前は子供のときに、本郷弥生町に住んでいた母方の祖母から、

「東大には中野好夫さんという立派な英語の先生がいらしてね。この方は学生さんに宿題をお出しになるとき、『君たち、この英文を君んちのおばあちゃんがわかる日本語にしてきなさい』とおっしゃるんだよ」

と、さんざん聞かされていた。

この話が頭にこびりついていたし、何といっても容貌が強烈だった。

後で涌井さんから、

「中野さんは東大の助教授になったときにな、『叡山《えいざん》の僧兵の大将』っていわれたんだよ」

と教わったが、なるほど白い頭巾に薙刀《なぎなた》を持てば、たちまち武蔵坊弁慶ができそうである。

店の一番奥には、小林秀雄さんがいたかもしれない。あるいはそれは、別の夜のことだったか。

作品は読んでいても、写真でしか知らない作家や評論家を囲むようにして座っているのは、文藝春秋や中央公論社などの編集者らしい。

有名な作家たちと飲んでいるのだから、編集者でも大物だったのだろう。といってもとり澄ましてるような人は、いなかった。どちらかといえば荒々しい感じで、笑い方が豪快だった。

いずれにしても、生まれてはじめて見る世界である。

しかも、三十を出たばかりだったから、店の客の中ではどう見ても最年少である。緊張してかしこまっていた。

どんな会話をしていたのか、忘れてしまったが、作家との会話の中に店の女の子たちが入ってくるのには、びっくりした。話の輪に加わって、ちゃんと座を盛り上げている。

そこは文壇バーの中でも上流の店だったせいかもしれない。何にしても、ホステスの他に、女給ともいっていた時代のことである。

作家と編集者が話しているのを聴いていると、編集者のちょっとしたひとことや相槌で、作家の表情が一瞬にして変わることがある。

そういう場面を何回か体験すると、たとえ酒を飲んでいても、いや逆に、飲んでいるときほど、言葉に神経を使わなければならないことが、いやでもわかる。

作家の話につまらない相槌を打って話の腰を折るようなことがあれば、二度と会ってもらえないかもしれない。相槌、合いの手は、本当にむずかしい。先回りしすぎてもいけないし、だれでもいいそうなことは論外である。

その辺の呼吸がわからないときには、黙ってうなづいているにかぎる。沈黙は、やはり金である。ところが、どうしても口を開かなければならないことがある。何としても聞いておきたい、知りたいと思ったことがあるときと、質問をされたときである。

何か聞かれそうだなというのは、雰囲気や目の動きに注意していれば何となくわかるし、聞かれそうなことは、話の流れに気をつけていれば、およその見当はつく。

いずれにしろ、聞きたいときも聞かれたときも、外国人とつたない英語で話すときのようにした。

まず頭の中で文章にしてみる。

それから文法、語法を点検し、無駄な言葉はないかをチェックする。そうやって、できるだけ簡潔に話すことを心がけた。

原稿用紙に向かって文書を書くときにこの作業をするのは当たり前だが、話すときにここまですることは、ふつうはない。

そのときは気がつかなかったが、文壇バーは、本筋をはずさずに笑いを混ぜながら話を運ぶ方法や言葉の選び方、さらには間のとり方を学ぶことができたから、社交の教室であると同時に、言葉を磨く文章修業の場でもあった。

涌井さんは銀座に誘うとき、

「今夜はこれこれの人と会うからな。勉強になるぞ」

というようなことはなかった。

僕は僕で、この人のそばにいれば文章がうまくなれるに違いないと思っていたから、

「今夜はどんな方と会うんですか」

などと、聞いたことがない。

僕は若いときから、上司というだけで反抗するところがあったが、涌井さんや辰濃和男さんのような「神様」と思っている人には「ノー」といったことがない。自分でも呆れるくらい従順だった。

それはともかくとして、涌井さんには、会社の外で、原稿が間になくても、勉強をさせてもらっていたわけである。それもさり気なく。

涌井さんはその意味で、優れた教育者でもあった。

涌井さんが出版担当の役員、僕が編集長になると、他社の人も一緒に司馬遼太郎さん夫妻を囲むことがあった。

その中に涌井さんと初対面の人がいると、司馬さんは決まってニコニコしながら、

「涌ちゃんのとこは昔、横浜で貿易の仕事をしてな、バナナを輸入してたんや」

という。

すると涌井さんがムキになって、

「司馬さん、違いますよ。うちはバナナじゃなくて、レモンですよ」

と、訂正する。

すると司馬さんが、

「そやったかな」

といって、またニコニコする。

バナナでもレモンでもかまわないと思うのだが、このやりとりは、何回聴いてもおかしかった。

カギカッコの中が主役

朝日新聞にかぎったことではないと思うが、新聞記者には、妙な癖がある。

記事や文章を、中身と表現の二つに分ける癖である。

社会部にいるとき、どうすると二つに分けることができるのか、不思議でしようがなかった。ところが「分けられる」という先輩が多い。特に警視庁クラブ詰めの事件記者にこの傾向が強い。どうやら、

「新聞の命は特ダネだ。特ダネなら、読者は読む」

と信じて疑わないらしい。

こっちは、いくら特ダネでも読みにくかったりわかりにくかったりすれば、読んでもらえないでしょう、と思っている。

しかしこういう話は、わからない人にはいくら説明してもわかってもらえそうにない。話すのはムダだろうと黙っていると、特ダネ派は、

「涌井はなあ、文章がうめえだけなんだよ」

という。

今なら、それが男の嫉妬だということがわかる。しかしまだ二十代である。女性がからんでもいないのに男が男に嫉妬することなど、あり得ないと思っている。まさに若気の至りというやつである。

そのころすでに「朝日新聞・涌井昭治」の名は、作家や出版社の活字のプロたちの間では知れ渡っていた。

そういう話は、特ダネ派たちの耳にも入ってくる。面白くなかったろう。

そんなことはわからないから、念のためと思って、涌井さんの書いたものを読み返してみる。「山手線」など、何回読んでも面白い。

それはそうだろう。データマンに、渋谷駅周辺のトイレの落書きを集めさせたり、キャバレーのホステスと仲良くなって家計簿を写させる。そうやって集めた材料を選びに選んで取材をする。文章は無駄がなく、ユーモアがある。

当事者や関係者以外は知らないことを取材して書くのが記者の仕事だが、涌井さんはさらに、他の記者が気のつかないようなことを調べて書いた。

言い方を換えれば、涌井さんにしか書けない特ダネが詰っていた。

読む方としては、殺人事件の犯人がだれで、動機が何だったのかも知りたいが、「原宿の駅長は花の命もあずかっている」ことも、同時に知りたいのである。

当時、「山手線」のようなコラムは他の新聞では読むことができなかった。だから遠く離れた福岡にいても、一日遅れで届く新聞を読み、筆者に憧れたのだった。

涌井さんの文章には他の先輩と違って、書き方にも特徴があった。形容詞や副詞といった飾り言葉がない。たとえていえば、化粧なしのスッピンだ。

スッピンの典型的な例は、当事者や関係者の発言、肉声の書き方である。

その人となりや、場合によっては知性、教養までわかるように書く。きちんと話を聞き、生まれや育ちを知っておけば、語尾の書き方でも表わせるから、これはそれほどむずかしいことではない。発言を丁寧に書いてから、涌井さんはカギカッコを「といった」か「といっている」と受ける。今の記者のように「と振り返る」などとは、しない。昔を振り返って懐しんでいることは、カギカッコの中で表わすことができるからである。

カギカッコの中が主役であり、光らせなければいけないのだから、受けはあっさり「といった」と、地味にする。影をつければコントラストがつく。光が一層、輝くという仕掛けである。

僕もうんと若いときは「と振り返る」式をやった。「と、遠くを見るような目をした」と書いた覚えもある。しかし幸いなことに涌井さんのようなデスクのおかげで、比較的若いうちに「と振り返る」病を治すことができた。

涌井さんは最近、体調が芳しくないようだが、もし会うことがあれば、あらためて御礼をいうつもりだ。

御礼をいったら、いってやろうと思っていることが一つある。

あれは出版局長が涌井さんで、僕は四階級下の「週刊朝日」副編集長で、「デキゴトロジー」というページを担当していたときである。

担当者はFという記者で、天才的な取材力の持ち主だったから毎週、毎週、ウソのようなホントの話を書いてくる。

「おい、これ、作り話じゃねえよな」

といいながら、楽しくデスクワークをした。

あるとき、新潮社の編集者が、

「デキゴトロジーをうちから出版させていただけませんでしょうか」

といってきた。

朝日の単行本の部署に聞くと、

「うちからは本にする気はありませんから、どうぞ」

といってくれた。

新潮社は本の背表紙に「週刊朝日編集部編」と出してくれるという。「週刊朝日」のいい宣伝になる。ありがたい話である。

一カ月後には「デキゴトロジー」が書店に並ぶとわかったとき、ページの最後に、

「近々、新潮社から本になって出ます」

という「お知らせ」を載せた。雑誌が出ると局長に呼ばれ、

「ジロー、新潮社の宣伝はするなよ」

といわれた。

そこで、

「新潮社は日本中の書店に、朝日よりたくさん棚を持っているんですよ。そこに『週刊朝日編集部編』の本が並ぶんだから、いい宣伝になるじゃあないですか」

といったが、涌井さんは「ダメだ」という。

しかし、納得がいかない。翌週も「お知らせ」を載せた。するとまた呼び出されたが、前回と同じことをいった。やはり「ダメだ」という。

こんな簡単な話を涌井さんともあろう人がどうしてわかってくれないのだろう。そう思って、また次の週にも載せた。

また呼び出されていくと、手に辞令らしきものを持っている。まさかクビではないだろうと思ったので、「何ですか」と聞くと、

「朝日にはな、よその出版社の本を宣伝してはいけないという、ルールがあるんだ。お前はルールに違反したから、譴責《けんせき》処分にする。これが処分の辞令だ」

といわれ、辞令を渡された。

転勤その他で辞令は何回かもらったが、どれもこれも向こうが透けて見えるような、情けないほど薄い紙だった。ところが譴責処分の辞令は、紙が厚い。立派だった。

うちに持って帰ると、カミさんがいいことでもあったように面白がり、台所の電気冷蔵庫に磁石で貼った。そこは、子供たちが悪い点数を取ったときにテストを貼るところである。

それから三十年近くたつが、処分は今でも納得がいかない。涌井さんにいってやりたいのは、そのことである。

余談になるが全十巻の「デキゴトロジー」は各巻とも十万部以上売れ、印税で編集部はたくさ

ん、いい思いをした。

王貞治を追った一年

昭和五十二年（一九七七）、日本中の目が巨人軍の王貞治選手に集まっていた。アメリカ大リーグ、ハンク・アーロン選手の持つ七百五十五本の、ホームランの世界記録を破りそうだったからである。

そこで王選手の生い立ちなどを取材し、「週刊朝日」で一年間、連載することを思い立ち、涌井昭治編集長に相談すると、

「面白そうじゃねえか。やれよ」

といってくれた。

当時、編集部には企画書を書くなどという習慣がなく、たいていのことは立ち話で決まった。このときもそうである。

今の記者や編集者にこういう話をすると、

「一年も続く企画物をペーパーなしで、立ち話で決めるなんて、考えられませんね」

と、大層びっくりされる。

僕からすれば、びっくりされることにびっくりする。

いうまでもないことだが、本格的な取材を始める前には手に入るかぎりの資料を集め、目を通す。そのうえで想像力を駆使し、こんな話になりそうだと、およその見当をつける。

見当をつけるだけだから勝手なもので、どうしても、こうなってくれるとありがたいけどなと、希望的観測になるのは否めない。

「夢はでっかく農協貯金」

というやつである。

それなのに、まことしやかにこと細かにペーパーを書くのは、無責任というものではないか。

おまけに最近は、ペーパーが独り歩きすることが珍しくないようだ。記者から、

「デスクのペーパーに従って取材を進めていくと、実態が違うんですよ。だけど、狙いとは違っても、実際の話の方が面白いことがあるじゃないですか。で、デスクにいうんですけど、あくまでペーパーに沿ったデータを集めてくれっていわれることが多いんです」

という話を聞く。

同じことは海外特派員からも聞くことがある。

第二次大戦中、前線が、「もうダメです」といっているのに、「作戦の続行」を命じた大本営参謀本部を思い出させる話である。

取材した記者が、「本当は違うのになあ」、と思いながら書く。これでは面白い記事になるわけがない。

読まれることなく捨てられるのは、当然だろう。いってみれば、〝玉砕〟である。僕がもし現役記者なら、命令に従わないから〝重営倉《じゅうえいそう》〟かもしれない.

話がそれた。王選手の話にもどそう。

不世出のホームラン・バッターに興味を持つようになった大きなきっかけは、12チャンネルで二回にわたり放送されたドキュメンタリーを見たことだった。撮ったのは熊井啓《くまいけい》監督（故人）である。

このドキュメンタリーは、王選手の父親が中国人だったために、戦争中、どれくらい辛い目に遭ったかという話から、早稲田実業高校時代、国籍が日本ではなく中国だったために、国体に出られなかったこと。しかしそうした苦労は少しも感じさせず、求道者のように、打撃を極めようとする。その姿を行き届いた取材と丁寧な映像で描いている。

息をするのも忘れ、画面に見入った。文章なら「間然《かんぜん》するところのない」というもので、見終わった瞬間、夢から覚めたような気がしたことを覚えている。

熊井さんのお宅にうかがうと、壁という壁が全部、本で埋まっている。読書量の少ない我が身を恥じた。監督は親切に取材先などを教えてくれた。言葉の端々から、映画に命を懸けていることが感じられた。

映画について熱っぽく語る監督のかたわらで、明子夫人がニコニコしておられた。今も目を閉じると、そのときの姿が浮んでくる。

監督の話で忘れられないのは、カメラマンの話だ。

巨人戦の球場には何台もカメラをすえ、そのうちの一台には、王選手の表情だけを撮るようにいってあった。

「だってこういうドキュメンタリーでは、打ち損じたときの表情は絶対に必要ですもの。ところが、カーンと打球音がすると、カメラが反射的に打球を追ってしまうんですね。表情だけを撮ってもらうのが、ほんと大変だったんですよ」

熊井啓監督という知恵袋を得たうえに幸運だったのは、王選手がキャラクターになったコーラの宣伝ポスターの撮影に立ち合えたことだった。

ユニホーム姿でバットを手にカメラの前に立った王選手は、CMディレクターに、

「王さん、このカメラをボールを見る目で見て下さい」

といわれると、バットを構え、右足をすっと上げ、一本足で立つとカメラをじっと見た。

僕はカメラの後ろの方で立っていたのだが、その目は「目力がある」などという生やさしいものではなかった。重苦しくなるほどの威圧感だった。

しかしその奥の奥に、哀しみのようなものを感じた。熊井監督のドキュメンタリーで見た、王家の歴史を思い出し、とっさに連載のタイトルは、

「哀しい目をしたホームラン王」

にしようと思った。

残念なことに実際のタイトルは、「王貞治のホームラン人生」になったが、取材にかかってありがたかったのは、戦争中に王選手の家の近所にいた人や、地元の警察で刑事をしていた人の奥さんなどが健在だったことである。

日中戦争で町内で戦死者が出ると、

「お前らが殺したんだっていわれて、石を投げられたんです。そういうことにも、王さんのお父さんは耐えてねえ。ほんとにできた方でした。戦争で日本が負けると、それまでの恨みを晴らすような中国の人もいたんですけど、王さんのおうちは、そういうこともありませんでしたよ」

といった類の話を聞くことができたからだ。

今読み返してみると、熊井監督のドキュメンタリーを活字にしたにすぎないような気がしないでもない。

しかし文章修業には大いに役に立った。毎週、毎週、原稿用紙十枚前後のものを書いていると、長い文章に対する恐怖心のようなものが消えたからだ。

習うより慣れろというのは正しい、と実感した一年だった。

何といっても、王選手と親しくなることができたのが収穫だった。

選手から監督になってからも、年賀状と暑中見舞のやりとりが続いている。

いかにも律義な人らしいと思うのは、印刷した文面に必ず二、三行、自筆が添えられていることである。

そういう関係を続けていたから、WBCで日本チームを率いて世界チャンピオンになったときは、携帯電話の留守電にお祝いを吹き込んだ。

ところが吹き込んで何分もしないうちに、朝日新聞社のbe編集部から「王監督のインタヴューをしてくれないか」と、電話がきた。定年になって四年もたっているのに、監督との関係を覚えていてくれた記者がいたらしい。

beは毎週土曜日に出るカラーの別刷りだが、全読者に配られる。そういうところに書くことができるのは、名誉である。

早速インタヴューのお願いを吹き込もうとしたが、「メッセージが一杯で、お受けできません」とテープが流れた。

万事休すかと思っていたら、帰国した監督から電話をもらった。お祝いの留守電の礼である。後で球団の広報担当に聞いたところでは、お祝いの留守電やメールには全部、王監督が自分で礼を伝えたそうである。

早速、インタヴューを頼むと、

「僕はかまいませんから、朝日新聞社として、球団広報に通しておいて下さい。僕からもいっておきます」

と、快諾してくれた。

おかげで朝日新聞に、王監督の凱旋後最初の本格的なインタヴューを書くことができた。

「野球は頭で考えたことを、体で表現するのが仕事です。これでいいと思ったら、おしまいです。川村さんの仕事もそうでしょう」

そういわれたことが忘れられない。

Ⅳ　そして若者たちへ……

アテにならない

――2009.10

知能テストをはじめて受けたのは、藤沢市立鵠洋《こうよう》小学校六年のときだった。結果が出ると担任の先生に、「川村、お前はまじめに受けたのか?」と聞かれたので、「はい、まじめに受けました」と答えた。

するとと先生はこういった。

「おかしいな。お前の知能指数は低すぎるんだ。白痴、痴愚、魯鈍《ろどん》てわかるか? お前の知能指数は魯鈍だぞ」

学校の成績はいい方だったので、先生は、反抗期で生意気な僕のことだから知能テストをバカにして、遊び半分で受けたと思ったようだ。先生の話では、魯鈍というのはバカの一種らしい。しかし、特別利口だとも思っていなかったが、バカだとも思っていなかったから、先生にいわれたことは気にならなかった。それはともかくとして、白痴、痴愚、魯鈍という言葉は、このとき覚えた。

二度目に受けたのは鵠沼中学のときで、知能指数は一〇〇だった。

先生の説明によると、一〇〇というのはバカでもなければ利口でもない、普通ということだったが、このときも先生は、

「おかしいなあ。お前の成績からすれば一二〇くらいあってもいいんだがなあ」

といっていた。

三度目は、神奈川県立湘南高校に落ちて入った鎌倉学園、通称「鎌学」のときである。

今から五十年ほど前のことなので、知能指数がいくつだったか、覚えていない。先生に、

「お母さんに説明にうかがうので、その日は君も家にいるように」

といわれ、母親は先生が家にくると聞いて、その日は朝からソワソワしていた。もともと心配性の人だったから、停学とか退学とか、そういう事態を想定したらしい。

ところが先生は、こういった。

「お母さん、川村君の知能指数は天才です。神奈川県の高校生の中で、三本指に入るくらいなんです。もう少し勉強するように、いって下さい」

それから先生は、僕にこういった。

「お前は頭がいいんだ。もっと勉強すれば東大も夢じゃないんだ。頑張れよ」

東大は受けることもなく大学は慶應にいったのだが、振り返ってみると、学校の成績は小学校のときが一番よくて、成績は上にいくほど下がった。

大学の卒業は東京オリンピックの年の昭和三十九年だが、当時、勉強ができて銀行に入るよう

な学生はAが四十個前後。僕は十二個しかなかった。

成績表がＡＢＣではなく学習院のように優良可なら、間違いなく「カヤマユーゾー」というレベルである。「可」が山のようにあり、「優」は三つという駄ジャレである。

おまけに卒業論文も書かなかった。

というのは、ゼミに入らなければ卒論は書かなくてよかったからである。

入りたいゼミはあった。しかしＡの数が少なすぎたために、入れてもらえなかった。卒論を書きたいと思っても（もちろん思わなかったが）、書かせてもらえなかったわけである。

「週刊朝日」の編集長になってから、経済学部長から慶應義塾塾長になった鳥居《とりい》泰彦《やすひこ》君（慶應では、福沢諭吉先生の外はみな「君」付けでいいことになっている）を囲み、何人かで定期的に会食をするようになった。

あるとき、鳥居塾長に学生時代にＡがいくつあったのか、聞いたことがある。

何と、僕より一つ少ない十一個だった。

十一個の鳥居君は私学連盟理事長から、さらには中央教育審議会会長にもなった。十二個の僕は結局、社内的には政治部長や経済部長、社会部長より一段低い部長職の編集長で出世が終わった。

この例で明らかなように、慶應卒業生はＡの数が少ない方が出世する——というのは冗談だが、なぜこんなバカバカしい話を長々と書いたかといえば、大学生に知能指数や学校の成績、それにもう一つ、偏差値に一喜一憂するな、振り回されるなといいたいからである。

二〇〇九年四月から、広告マンから私立大学の広報担当になった長いつき合いの友人に頼まれて週に一度、その大学で非常勤講師として講座を持つことになった。「時事解説」と「文章演習」の二コマである。

元広告マンからは、

「偏差値の低い大学なので、学生に元気がないんだ。カツを入れてやってよ」

といわれていた。

なるほどその通りだった。

電車の駅からスクールバスが出ているのだが、バスを待つ間の姿からしてよくない。どんよりとした顔つき目つきでぐったりベンチに座って、携帯電話に見入っている。そういう学生が無表情に十人も並んでいると、不気味でさえある。

実は僕自身、湘南高校に落ちて鎌学に通った三年間には、思い出したくないことが多い。湘南に落ちたのはアチーブメント・テストの保健衛生や職業家庭など三科目で、答案を白紙で出したのが原因で、自業自得だったわけだが、それでも三年間は、湘南の生徒に対するコンプレックスが脱けなかった。しかし当時は偏差値というレッテルがない分、まだよかった。

偏差値についてはよくわからないが、偏差値の高い大学に入るのは、受験技術に優れた学生ではないのか。朝日新聞社で東大、京大など偏差値の高い大学を出た社員を見てきたかぎりでは、わずかな例外を除いて、そうとしか思えない者が多かった。

授業のたびに僕はそういう話をする。冒頭に書いた体験を話すのも、人間の値打ちを数字で表わすことが、いかに無意味かとはいわないまでも大した意味のあることではあるまい、ということを知ってもらいたいからだ。

第一、社会に一歩出たら、偏差値を気にする人などいないだろう。そんな話をしてから、ウケを狙ってこういう。

「六十七歳になる僕にとって、気になる数字は一つしかない。血圧だよ」

それからこういう。

「君らは、東大法学部を出た人は頭がいいと思っているだろう。僕は朝日新聞社のことしか知らないが、朝日新聞社で東大法学部出身の記者や編集委員をたくさん見てきた。もし彼らが本当に頭がよければ、僕が読んでもよくわからないような記事を書くわけがないだろう。そう思わないか？　大人はよく『最近の学生は新聞を読まない』といって嘆くけど、今度そういう大人がいたら、『今日の新聞であなたが面白い、読んでよかったと思った記事はどれですか？』と、聞いてみるといいよ。大人も案外、新聞を読んでいないから」

こういうと、学生はだいたい警戒心をとく。

そこで学のあるバカはどんなことをするか、よくその例に引くのはゴルフの「ティー」を日本語にしろといった、東大出身のデスクのことである。

ゴルフをしたことのない学生も、人気者の石川遼君や宮里藍さんを通して、ゴルフの知識は持っている。ゴルフをしなくても、ティーを日本語にしろということがどんなにバカバカしいことか、わかる。

誤解のないように書き添えておくと、朝日新聞の悪口ととられかねないようなことを敢えて書くのは、朝日新聞を身近なものと思ってもらいたいからである。

人間でも、立派なことばかり話す人の周りに人は集まらない。敬して遠ざかるのが普通だ。会社でも同じではないか。白洲正子さんが、

「あたしね、朝日新聞は、偉そうにしてるから、嫌い。だけど、あんたは、いいよ」

といって、〝木戸御免《きどごめん》〟にしてくれたのは、初対面のときから失敗談や朝日のよくないところを正直に話したからだと思っている。

大学生にも同じようにドジった話や、カッコ悪い話をするようにしている。

そうしていたら、「ビール、つき合って下さいよ」といわれるようになった。もっともそういう学生は三十人に一人くらいだが。

その人は「ジンザイ」か

――2010・3

一九九五年から七年間、朝日カルチャーセンターの大学生を対象にした「編集長のライター塾」という作文講座の講師役をした。添削の授業の後は「放課後」と称して、ホテルのラウンジでビールを手に、ワイワイやる。大学生が何を考えているのか、知ることができる貴重な時間だった。

二〇〇一年に朝日を定年になってからは、朝日の紙面で週に一度、「炎の作文塾」という欄を三年間担当した。投稿してくる作文を添削し、朱を入れて解説するコラムである。大学生を対象に始めたものだが、小学生から高齢の方まで投稿がくる。すべてに朱を入れ説明を付けて返送するのは大変だった。しかし、これはこれで勉強になった。

「ライター塾」の講師役は降りたが、現在も読み書きの好きな学生を相手に、こじんまりと添削教室を続けている。

大学生とのつき合いが長いので、今の大学にはアルバイトが一番の目的で入ったとしか思えない学生が多いことや、活字はほとんど読まないのに、「将来は出版社で企画の仕事をしたいんです」という学生が珍しくないこと、少数らしいが援助交際という名の売春をしたり、アダルト・ヴィデオに出ている学生のいることも聞いていた。

はじめて聞いたときは、殴ってやりたい程腹が立った。しかし学生たちの話を聞くうち、とんでもない学生たちが気の毒に思われてきた。

彼らの多くは、箸の持ち方も挨拶の仕方も教えない家に生まれ、ゲームに囲まれて育つ。学校にいっても、昔、「デモシカ先生」と呼ばれた先生としか出会わない。

教科の中身は文部科学省の思いつき（としか思えない）で、ころころ変わる。文科省はそんなことよりもまず、先生の待遇をよくして、いい人材が教員に集まるようにすればいいと思うのだが、困ったことに、キャリア官僚は裏方に回ることを嫌うのだろう。教科をいじって主役になろうとしがちだ。

大学入試も、採点を楽にするために導入したとしか思えないマークシートでは、文字を書く必要がない。文字を書かなければ、言葉を覚えなくなる。新聞も本も、読まなくなるわけだ。

だからといって、そういう学生が「大人が悪い。社会の責任だ」といえば、怒鳴りつけるかもしれないが、それはともかくとして、大学も二年生の半ばをすぎると、就職活動を考え始めなければならない。よほどの覚悟がなければ、寝食も忘れて何かに打ち込んだりすることはできないだろう。気の毒というほかかない。

この何年か、就職活動について学生にいい続けていることが三つある。

一つは、インターンシップは「お母さんごっこ」と同じで、所詮は絵空事だと思っておけということ。間違っても、その会社がわかったとか、仕事がわかったと思わないことである。

なぜなら、インターンシップの学生は、会社にとってお客様のようなもの。はじめてきた客に本当の姿を見せる家庭がないように、会社もそんなことはしない。仕事がわかりたければ、その会社の社員になるのが最も早くて確実な方法だ。

では、インターンシップでは何をすればいいか。その職場で本当に仕事をしているのはどの人か、電話の取り方から立居振舞、言葉遣いを観察することだ。ファッション・センスも軽視してはいけない。

ジンザイには四段階あるといったのは、危機管理で有名な佐々《さ さ》淳行《あつゆき》さんである。下から順番に、いると困る「人罪」、その上がただいるだけの「人在」。その次が「人材」で、人材の上をいく人を「人財」というのだそうだが、人材や人財と目される人は美醜は別として、カッコよくて絵になるものである。これは四十年近く記者をしてきて、多くの会社を見てきた経験から、自信をもっていうことができる。

「人は、見た目が全てよ」

これは亡くなった白洲正子さんの口癖の一つだが、福澤諭吉先生も『学問のすゝめ』で「いつも苦虫を噛みつぶしている顔の人間は駄目だ」という意味のことを書いている。

もう一つ、むやみに忙しがる社員に騙《だま》されないこと。仕事に自信のある人間は、学生の前で忙しがったりはしない。「学生にバタバタと見苦しい姿を見せてたまるか」という見栄、さらにいえば誇りがあるからだ。

「鼻唄まじりの命がけ」

これは朝日の尊敬する先輩の言葉だが、男は、人の見ているところでは鼻唄まじりで余裕のある振りをしろ。本当の仕事は、だれも見ていないところでやれ、という教えである。けだし名言だろう。

もう一つはOB訪問についてである。

就職コンサルタントと称する人たちの中に、できるだけ多くOB、OG訪問をするように勧める人がいる。そういう人は、本当のところを知らないのではないかと思う。

就職活動の季節になると、朝日新聞社の近所の喫茶店で昼間から、リクルート・スーツの男女がノートを広げて先輩の話に聴き入る姿を見る。これまでの経験からいうと、先輩のほとんどは「人在」である。「人罪」のこともある。

それはそうだろう。「人材」や「人財」となれば、昼日中から学生の相手をしているヒマはない。

そういう話をしてから、学生には次のようにいう。

そういうヒマがあるということは、その人間が職場ではあてにされていない、戦力になっていないということさ。会っても、タメになる話は期待できないよ。OB訪問をするなら、よほど先輩を選ばないと、時間のムダになるぞ。

僕の場合、「週刊朝日」の副編集長になったころから学生の訪問を受けるようになったが、まずは二、三分の立ち話。身心ともに健康かどうかを見たうえで、いいなと思ったときは、

「じゃあ、一週間後の今日、午後三時に『汗』という題で作文を八百字書いて持ってきてよ。手書き縦書きで」

といい、一週間後には三十分程、体をあけておくことにしていた。

しかしそれからもう二十年以上たっている。今はどうなのか。電通・新聞局の中堅幹部と酒を飲む機会があったので聞いた。仕事のできることで知られた男である。

彼はこういった。

「学生のために勤務時間を割くわけにはいきませんからね。『会って下さい』といってくる学生には、『朝七時半に会社にくるなら会うよ』ということにしてます。電通に本気で入りたいと思っていれば、朝早かろうが遅かろうがくるでしょう。『ハイ、わかりました』という学生には、七時すぎに会社にいって、待ちますよ」

もう一つ、覚えておいてもらいたいことがある。

「こうすれば面接はオーケー」とか、「小論文を書くコツはこれだ」と、コツを売り物にする本や人には気をつけなさいということである。

コツは人それぞれが努力の末に手にするもので、だれにでも通用するようなものは、コツとは

いわない。ただの常識である。仮りにコツを掴んだ人がいても、人に話したり、本に書いたりできるものではなかろう。

試しにイチロー選手に、

「一シーズンに二百本ヒットを打つコツを教えてくれませんか?」

と聞いてみるといい。

結果は考えるまでもないだろう。

エピソードを集める

――2010・3

伊豆修善寺の「あさば旅館」といえば、由緒正しい能舞台のあることとや、フランスのシラクさんが大統領時代にも家族ときたことで知られているが、そこの女将、浅羽愛子さんが一九九四年、芸術文化の振興に尽力したことを認められ、企業メセナ協議会から「メセナ奨励賞」を受けた。左に紹介するのはその年の十一月二十六日付朝日新聞「ひと」と、翌二十七日付読売新聞「顔」の記事。「ひと」は編集委員だった僕が書いたもの、「顔」は読売新聞静岡支局の記者によるものである。

まずは朝日の「ひと」。「能舞台から生まれたメセナですね」という小見出しが付いている。

山を背負うようにして池に浮かぶ能舞台は、東京・深川の富岡八幡宮から明治四十二年に伊豆・修善寺の「あさば旅館」に移築されたものだ。日本で五指に入るといわれる名舞台である。学生時代にはアルバイトでファッションモデルもしていた娘が三百年以上も続く旅館に嫁にくることになったのは、恋した相手がそこの九代目になる跡取り息子だったからである。二十四歳の秋のことだった。

「知らぬが花というのは、ほんとうよ。若くて何も知らないからできたのね」

姑《しゅうとめ》と舅《しゅうと》、弟妹が五人。義理の両親になる八代目には兄弟姉妹が二十人もいたので、一族が集まると六、七十人になる。

身づくろいをやかましくいわれ、客用の食器を片付けてしまい湯に入るのは午前零時すぎという毎日である。

「いつおヒマをいただこうか」と思っていたら長男を身ごもる。生まれた長男を置いて家を出ようと決め、病院から帰ると、舅が紋付き羽織袴《はかま》で玄関に迎えに出ていて「ご苦労さま」といってくれた。これで女将としての覚悟ができたそうである。池に新たに石舞台をしつらえると、よしと思ったものは何でも舞台にかけた。「素人の私に『わあすごい』と思わせるのは、それだけ力があることでしょ」。地唄舞。新内。フラメンコに「風の盆」。どこか女将と重なるものばかりである。

そうして十数年、十種を超える舞台を毎年つくってきた。それが企業メセナ協議会の今年度の「メセナ奨励賞」に選ばれた。文化的な功績が認められたのである。

嫁と妻と母と女将とプロデューサーの五役をこなして気がつけばことしは還暦。嫁いだのと同じ十一月、授賞式に出た女将には、感無量のものがあった。

次は読売の『顔』。「メセナ奨励賞を受賞した温泉旅館の女将《おかみ》」という小見出しが付いている。

「舞台に立ってくれた人、地域、社員、そして家族のおかげです」と喜びを語る。

旅館の庭内にある能舞台で、能など古典芸能公演を続けてきたことが評価され、芸術文化の振興に貢献した企業に贈られる「メセナ奨励賞」を受賞した。

あさば旅館は、三百五十年続く伊豆の老舗《しにせ》。嫁いだころはつらいことの連続で、「何度、おヒマをもらおうと思ったことか。でも、翌日になるとケロリと忘れてしまった。何も知らなかったので、逆に夢中になれました」。ひたむきさが花開いたのが舞台だった。

能舞台は、もともと加賀大聖寺藩前田家から東京・深川の富岡八幡宮に寄進されたもの。明治の末に七代当主、浅羽保右衛門が譲り受けて移築した。風流を愛する趣味人が集まり、能や謡に利用してきた。その魅力にとりつかれ、作品選びから運営まで、手作りの自主公演を企画するまでになった。

一九六五年から月一回、能の定期公演、石舞台が完成した八一年からは「修善寺芸術紀行」と題し、新内、地唄舞、文楽など幅広い古典芸能の公演を続けている。劇団SCOTが「リア王」を上演したこともある。

「きばってでばらず、間を外さないように」。先々代、先代女将の教えを心に留め、仕事は〈くろこ〉に徹する。公演も舞台のそでで見守る。

「本当は、祭りのおっかけをしたかった」というほどの祭り好き。芸能は民衆のまつりから始まって、完成し、今日まで伝えられてきた。古典芸能と祭りに共通点を感じ、忙しい合間を縫って、各地を訪ね歩いている。

読み比べてみてだれでも気が付くのは、読売の「顔」には正装した舅が出迎えたというエピソードがないことだろう。しかしだからといってこの記者を責めるのは酷である。たぶん、読売の記者は入社して二年目か三年目、女将とは初対面だろう。話を聞いたのも、せいぜい二時間弱。女将のドラマを聞き出すにはあまりにも短い。しかもその間には、写真も撮らなければならない。若い記者には、これが精一杯である。デスクの腕がよければ、もう少しマシなものになったとは思うが。

僕の場合、女将とは、女将がファッションモデルをしていたころから親しくしているタレントの芳村真理さんの紹介で知り合った。家族ぐるみで食事をする仲である。舅に迎えられて心が決まった話も聞いていて、いつか書きたいと思っていた。「ひと」に書くために会ったときも、二、三時間はおしゃべりをした。

自慢話はやめよう。

要は、記事は料理と同じで材料が命ということである。材料がよくなければ、どんなに包丁捌《さば》きや盛り付けがうまくても、上等な料理にはならない。とびきりの材料なら、ほとんど手をかけなくてもうまい。

同じように、とびきりのエピソードがあれば、書き方が少々まずくても、読んでもらうことができる。手間や暇は惜しまず、いいエピソードをたくさん集める。記事は足で書くとは、そういう意味である。記事はＨｏｗ ｔｏ ｗｒｉｔｅではなくＷｈａｔ ｔｏ ｗｒｉｔｅと言い換えてもいい。

記事にかぎらない。大勢の人に読んでもらうための文章はＨｏｗ ｔｏよりもＷｈａｔ ｔｏだし、話もそうではないか、と思っている。

ところで、「ひと」の方。

読み返してみると、朱を入れたくなるところがある。たとえば五段落目の「地唄舞」からの一文。「どこか女将と重なる」と書かれても、女将をよく知らない人にはよくわからない。筆者の独りよがりといわれても、反論できない。文字数と相談だが、このくだりは別な書き方をすべきだった。

あれは社会部から「週刊朝日」に異動になって四、五年してからだ。小説家の丸谷才一さんにどうすればいい文章が書けるようになるか、お会いするたびに聞くようになった。それで教わったことの一つが、

「活字になったものに、御自分で朱を入れるようにするといいですよ」

ということだった。

自分で自分の書いたものに朱を入れるのは、正直、辛い。鏡に映る自分の醜い姿と向き合うことになるからだ。

朱の多さに、うんざりしてやめかけたことがある。しかし、自分で書いたものに自分で朱を入れられるうちは進歩がある。そう信じて、今も続けている。

首相の日本語を診断する

――2010・4

大学で非常勤講師をするようになったが、前に学習院大名誉教授の国語学者、大野晋さんと、京大理学研究科の上野健爾《うえのけんじ》・教授の共著『学力があぶない』（岩波新書）を読んでいたので、大学が国立、私立を問わず昔のようではなくなっていることは、わかっているつもりでいた。しかし、読むと見るとは大違いだった。

「お馴染み」を「同じみ」と書く学生がいた。「ようだ」と「みたいだ」の違いを説明し、「みたいだはくだけた言い方だから、使うときは注意しろよ」といったら、「くだけた言い方って、どういう意味ですか？」と聞く学生がいた。

しかし、聞いてくれるだけ、まだありがたい。

NHKテレビの「日曜美術館」の案内役や、ベストセラー『悩む力』の著者として人気のある東大の姜尚中《カンサンジュン》・教授のインタヴューをしたので、教授の名前を黒板に書き、「この名前、知ってる人はいる？」と聞いたが、何の反応もない。

続けて、「この人について、知りたいことはない？」と聞いてみた。しかし相変わらず無表情なまま、黙りこくっている。一人を指さして聞くと、「別に」といっただけだった。不気味で、だれもいない墓場で墓石に向かって話しているような気がした。

先日、朝日新聞社の広告マンのAにそんな話をしてから、「最近は、日本語が通じにくくなって、参るよ」というと、五十代に入ったAが笑いながら「今は、社会人にも日本語が通じにくくなってますよ」といって、こんな話をした。

名前をいえばだれでも知っている広告代理店の若手と飲んだときのこと、若手たちがひとしきり、だれとだれがデキテいるらしいという話で盛り上がり、「ところでAさん、どう思います？」と聞くので、「そんなこと、神のみぞ知るだろ」と答えた。

すると若手の一人が、こう聞いたそうである。

「Aさん、カミノミソシルって、何ですか？」

Aはこの話をしてから、

「彼は冗談なんかじゃなくて、本当に意味を知らないいんですよ。これからはもっと日本語のできない、ゆとり世代が世の中に出てくるんでしょ。この国は一体、どうなるんですかねえ」

といって、グラスを空けた。

トドメを刺されたような気がして暗い気持ちになっていると、一年ばかり作文をみている大学生が、嬉しくなるようなことをいってくれた。この春に早稲田の大学院を出て、郷里に帰って地元の新聞記者になることが決まった女性である。

学生たちとワイワイやっていると、彼女が思い詰めたような顔で、「私、鳩山首相の言葉の遣い方が気になるんですけど、おかしいでしょうか」といいだした。「たとえば?」と聞くと、「あの方、記者に囲まれたときに『国民のお暮らし』といわれたんです。でも、『お』はいらないと思うんです」

という。なぜそう思ったのか、理由を聞くと、

「政治は愛だ、もそうですけど、お暮らしなんて、気持ちが悪いじゃないですか」

といった。

全く同感である。上品な老女の口から出た「お暮らし」なら抵抗はない。しかし一国の総理がつぶらな瞳と腰を引き加減にして「お暮らし」というと、媚びた感じがする。気持ち悪いと思うのは、普通ではないか。

そういうと彼女は、座り直してこういった。

「鳩山さんは『思い』という言葉がお好きなようで、よくいいますよね。おかしいと思いませんか?」

彼女は言葉に敏感で、文章でもむやみに漢語を使わない。大和言葉で書こうとする。聞くまでもないと思ったが、おかしいと思う理由を聞くと、

「米軍基地移転の問題でも、首相は『沖縄の思い』とか『国民の思い』とか『アメリカの思い』とか、いいますよね。でも、事柄によっては祈りとか願いとか期待とか、ふさわしい言葉がある

と思いませんか。それを何でもかんでも『思い』というのは、おかしいと思うんです」

といった。

ヴァンクーヴァー・オリンピックの中継でも、テレビ局の人なのか「表彰台に立ったときの思いは?」などと、想像力を少し働かせれば聞くまでもないことにも「思い」を連発していた。

ワイドショーでは、政治家の発言をとらえて「耳障りのいいことをいわない方がいいんですよ」という解説者がいる。耳障りは、いい訳がない。たぶん「舌ざわりというから、耳でもいいはずだ」と思っているのだろう。

それはともかくとして、テレビから流れてくる「思い」の安売りには、馴れっこになった。テレビはしようがないと、諦めもつく。しかし、一国の総理の国語力がテレビ人間と同じでは、悲しいではないか。

首相の口から出た「思い」に、思わず天を仰いだのは国会答弁でこれを聞いたときだった。野党の「小沢一郎という人に、以前はあれほど批判的だったのに何があったのか」という趣旨の質問に、

「小沢さんと一時間半ほどお話をしてみて、小沢さんへの思いが変わりました」

と答えたからである。

恋の告白ではあるまいに、「小沢さんへの思い」はないだろう。ここは「評価」とか「印象」とか、適切な言葉があったはずである。「思い」では、気持ち悪くて寝込みそうだ。

米軍基地の移設問題では、「ゼロ・ベース」という言い方も気になる。ゼロ・ベースは、主として数字が大きくからむ経済問題を語るときに使う表現だろう。「白紙の状態」の方が、ずっといい。

去年の総選挙で、僕は民主党に投票した。自民党には、語彙の貧しさを自認して「ボキャ貧」という人が総裁になったころから、「もう、たいがいにしてくれ」と思っていたし、テレビの討論番組に出てくる民主党議員の中に何人か、具体的に、文章語で話す人がいることを知ったからだ。しかし鳩山首相の自信のなさそうな顔を見たり発言を聴いていると、選択を間違えたかと思うことがある。

首相にはスピーチライターがいるそうだが、記者に囲まれたときは、一人で考えなければならない。簡にして要を得たことを当意即妙に話す能力は、一朝一夕に身につけられるものではない。しかも取り囲む記者は若い。中には「カミノミソシル」がいるかもしれない。

鳩山さんには同情するが、それにつけても思い出すのは大野晋さんのことである。大野さんは晩年、カタカナ言葉を次々と受け入れる現状を憂いて、

「戦争に負けるということは、こういうことかもしれないな。国土だけじゃなく、頭の中まで占領されちゃったんだよ」

日本は敗戦後、占領軍の後押しで力を得たカナモジ派やローマ字派が「漢字は悪魔の文字だ」とばかり、使う漢字の数を減らし、根拠は曖昧なまま、仮名遣いも変えた。

昭和二十年代には「小説の神様」といわれた志賀直哉のような作家が、「日本語はやめて、フランス語にする方がいい」と書いた。

そういう流れに呼応するように、学校で国語が軽視されるようになった。そうした動きに、必死で抵抗した一人が大野晋さんである。

晩年は、こうもいっていた。

「国語の力が落ちれば、考える力も判断する力も落ちるんだよ。僕は人生のほとんどを国語の研究に捧げちゃったけど、半分くらいは国語の教育に時間を使うべきだったかもしれない。このごろになって、そう考えるようになった。申し訳ない気がしてるんだ」

講演を頼まれると僕は、司馬遼太郎さんの一文「なによりも国語」の話と、大野晋さんから教わった日本語の話を、必ずすることにしている。「お馴染み」を「同じみ」と書く大学生が増えないことを願って。

ホンゲル係数⁉

2010・7

一九九五年に朝日カルチャーセンターで作文講座「編集長のライター塾」を受け持つことになり、講座を始めて三年目、東京の私立大学に通うM君が入ってきた。はじめて見たときは「なんだ、こいつは」と思った。指にいくつも指輪をし、腕輪をジャラジャラさせている。

しかし書くものは、面白い。見かけと違い、本も読んでいる。将来の希望を聞くと、

「新聞記者か警察官になりたいんです」

という。

変わった奴だと思って理由を聞くと、東京の下町に生まれ、今も同じところで両親と暮らしていることを話してから、こういった。

「このごろ僕の生まれたところが、正体のわからない外国人が増えて治安が悪いんです。こいつらをとっちめるには、記者になって彼らが何をやっているか取材して、世間の人に知ってもらうか、警察官になって取り締まるか、どっちかしかないでしょう」

僕は「週刊朝日」の編集長時代、何回か入社試験の面接をした。学生に記者志望の動機を聞くと十人中八、九人が、

「環境問題や人権問題と取り組みたいんです」

と答える。

立派な動機といえなくもない。しかし、そういう学生にかぎって頭でっかちで、体よりも口が動くような感じがある。

それにひきかえM君は、動機が単純明快だ。根に郷土愛のあるのがいい。

そのころは編集委員だったので、社内は自由に歩くことができた。M君を社内見学に誘うと、やはり記者志望の友だち二人を連れて会社にきた。

「俺のそばを離れるなよ」

といって、広告局や販売局から雑誌の編集部や政治部、経済部などがある編集局まで、ひと通り回った。

普通の社内見学コースでは見られないところが多かったので、M君たちは興奮していた。見学を終えてビールを飲みながら感想を聞くと三人とも、「編集局が静かなので、びっくりしました」といった。

三人は、朝日の記者はみんな僕のような人間だと思いこんでいたらしい。カルチャーセンターの講座では、

「昔に比べると、社内は活気がなくなったから驚くと思うよ」

といってあった。しかし、聞くと見るでは大違いだったようだ。

続けてM君が、

「川村さんと目を合わせないようにする人が多いですね。どうしてですか」

といった。

さすがM君である。観察が細かい。

「いつもいってるじゃないか。俺はいいたいことをいってるから、社内に敵が多いって。だから君ら、筆記をパスして面接になったら、絶対に俺の名前をいっちゃあいけないよ。十中八、九落とされるから」

M君は首尾よく朝日の筆記試験に通った。

しかし面接で僕の名前はいわなかったが、「他にどこを受けているの?」と聞かれて「警視庁です」と答えていやな顔をされたのが悪かったたか、落とされた。

「警視庁の面接でも同じことを聞かれて『朝日新聞社です』と答えたら、いやな顔をされちゃいましたよ。警視庁と朝日は、仲が悪いんですね」

といって笑っていたが、結局、警察官に採用された。

M君は念願かなって下町の交番勤務についた。

「逮捕術の競技会で優勝しました」

と電話があって四、五年してからだったか、
「しばらく名前も変えて特別なチームに入るので、連絡できません」
と電話がきた。

東京の私立高校に通うI君を知ったのは、朝日の紙面で始まった作文の添削コラムを担当することになってからだ。「炎の作文塾」といい、就職する大学生が応募してくる作文を添削して紙面で紹介する毎週一度のコラムである。

すでに定年退職していたので机がない。旧館と新館をつなぐ渡り廊下にある机を一つ借り、応募してきた作文は、
「炎の作文塾。さわるとヤケドするぞ」
と書いたダンボールの箱に入れていた。

寄せられる作文は小学生から八十をすぎた人のものまで、さまざまだった。小学生の作文を直すのは平仮名を多くして楷書で添削しなければならない。親ごさんに、「このお子さんには、きちんとした文章を音読させるといいですよ」などと、余計な御世話かなと思いながら、一筆添えて返した。

山形の工業高校の先生からだったが、「クラス全員二十五人に自己PRを書かせたので、添削して下さい」と、送られてきたことがある。

先生がひと通り目を通してあるかと思った。しかし、そうではなかった。誤字や脱字だらけの

文章以前のものが多く、添削に苦労した。先生に、「これを機に、新聞を読む高校生が一人でも増えるといいのですが」と手紙を付けて返したが、返事はなかった。こういう先生に教わった高校生は今、どうなっているのだろう。

高校一年生のI君が送ってきた文章は、高校生離れしていた。字もいい。書くことが好きな人間の字である。電話して「朝日を見にくるかい?」と聞くと、学校の帰りに学生服でやってきた。きちんとした家庭に育ったのだろう。顔つきもよかった。

そのころは「編集長のライター塾」の担当を降り、有楽町マリオンの「朝日新聞談話室」で本当に読み書きの好きな学生だけを相手に作文塾をしていた。I君に「くるかい?」と聞くと、「ハイ」と即答した。

I君の書くものは、いつも面白い。出版社志望で、理由は「本が好きだから」というだけあって、確かによく読んでいる。僕の高校時代より読書量は多いようだ。I君は、

「僕は食費より本代がかかるんです」

といってエンゲル係数をもじって「ホンゲル係数」なる語を造った。

あるとき、高校生のI君は作文塾にきている大学生のSさんに恋をした。Sさんは健康的な美人で、気っ風もいい。

何とかお台場の観覧車のデートに成功し、食事をした。終わってI君がレジに向かおうとするとSさんが、

「高校生のくせに生意気なことをするんじゃないわよ」

といって、勘定を払った。

誇り高いI君は再度デートに誘い、食事をし、レジに向かった。Sさんが、

「あんた、このあいだいったでしょ。高校生の分際で何を考えているのよ」

というと、I君はヘラヘラ笑いながらこういった。

「ボク、この日のためにガソリンスタンドでバイトしたんです。ボクが払います」

見事なリベンジである。

I君は大学生になってからも、作文塾にきている。相変わらず書くものが面白い。

出版社の入社試験をいくつか受け、条件のいい出版社に内定が決まった。

ところが必修科目を落とし、留年しなければならなくなった。内定は取り消しである。

先日、内定取り消しの通知を持ってきて、

「内定を取り消しさせていただきますって、書いてあるけど、『させていただきます』はおかしいですよね。『取り消します』でいいんじゃないですか」

といった。

もっともである。

捨てる神あれば拾う神ありで、大手の出版社の一つが留年を承知で採用した。M君やI君やSさん、それに、こういう懐の深い出版社がある。まだまだ日本にも希望が持てる。

結びに代えて

新聞が報道の王座に君臨していた時代、新聞記者は取材したデータという板きれやトタンを使ってバラックを建てればよかった。バラックでも雨露さえしのげればよかったから、読者は我慢してくれた。報道が早さを競った時代である。

しかしそういう時代は、テレビに加えインターネットがバラックの建て売りをするようになって終わった。

新聞が生き残るためには、バラックはやめて数奇屋普請をするしかない。腕のいい職人が隅々に心をくばって造った茶室のような紙面を作ることである。

一つ例を挙げる。

ＪＲ中央線の高円寺駅で、ホームから線路に落ちた女性を、近づく電車をものともせずに線路に飛び降り、女性をレールの間に寝かせ、自分はホームの下に避難して無事だった青年がいた。ニュースになったから、御存知の方は多いだろう。日本にもこんな青年がいる。この国も捨てたものではない。そう思った人は多かったに違いない。

こういう青年は、どういう家庭に生まれ育ったのか。どんな躾を受けたのか。大学ではラグビーをやっていたそうだが、どれ程の選手だったのか、知りたいことは山程あった。

こうしたことを丁寧に取材し、ただの報告文ではない文章にすれば、多くの人に読まれたはずだ。しかしそういう新聞はなかった。

かつてバラックが全盛だった時代、宮大工の棟梁のような記者を数多く抱えていたのが朝日新聞だった。ところが数奇屋普請が求められる時代になって、そういう記者が皆無に近くなった。紙面を見ているかぎり、そう思わざるをえない。

ここまで書いたとき、鳩山首相辞任のニュースが飛び込んできた。首相が民主党の国会議員を前に、

「こんなに若い素晴らしい国会議員がすくすくと育ち、国会の中で活動を始めてくれている」

と話している。

相手が幼稚園児ならともかく、大の大人に「すくすくと育ち」はおかしい。鳩山由紀夫という政治家は、ついに日本語が不自由なまま政権の座を降りた。

自民党政権下、大臣になることは政策を実現する手段であるはずなのに、大臣になることが

目的だったとしか思えない政治家が数多くいた。その結果、政策より政局の報道が多かった。

しかし政権が交代し、読者も有権者も、今まで以上に政策の報道を求めるようになった。政治家も記者も、日本語が不自由であってはならない――ということである。

朝日新聞に対する批判、苦情の多さは、朝日への期待の大きさを表わすものだと思う。どの新聞よりも早く、政策報道が数奇屋普請になることを望んでやまない。

朝日が夕日になる前に。

二〇一〇年六月二日

川村二郎

本書は、「星座――歌とことば」に連載中の「現代あイうエお文化論」に加筆・修正のうえ、書き下ろしなどを加えたものです。タイトル下の日付は、「星座」の掲載月、あるいは執筆時期を示します。本書はかまくら春秋社の桐島美浦さんの「愛のムチ」がなければ生まれなかったことも記しておきます。

川村二郎（かわむら・じろう）
1941年、東京生まれ。慶應義塾大学卒業後、朝日新聞社に入社。社会部を経て、「週刊朝日」編集長、企画報道編集委員を務めた。著書に『学はあってもバカはバカ』（小社刊）、『いまなぜ白洲正子なのか』『孤高――国語学者大野晋の生涯』（東京書籍）などがある。

夕日になる前に
――だから朝日は嫌われる

著者　川村二郎
発行者　伊藤玄二郎
発行所　かまくら春秋社
鎌倉市小町二―一四―七
電話〇四六七（二五）二八六四
印刷所　ケイアール

二〇一〇年八月二〇日第一刷

ISBN4-7740-0487-7 C0095